문보영

1992년 제주에서 태어났다. 고려대학교 교육학과를

졸업했다. 2016년 중앙신인문학상을 받으며 등단했다.

시집『책기둥』『배틀그라운드』

산문집『사람을 미워하는 가장 다정한 방식』

『준최선의 롱런』『불안해서 오늘도 버렸습니다』

소설집『하품의 언덕』등이 있다. 제36회 김수영

문학상을 수상했다.

손으로 쓴 일기를 독자에게 우편으로 발송하는

'일기 딜리버리'를 운영하고 있다.

표지 그림 Paul Klee, 「Forgetful Angel」, 1939
디자인 이지선

일기시대

일기시대

문보영
에세이

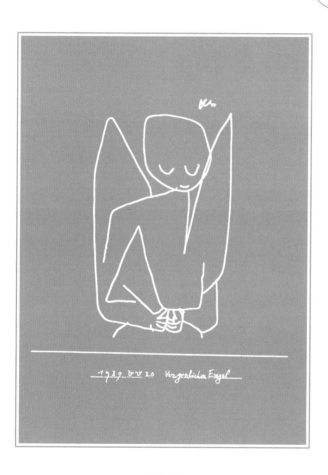

1939 교교 20 Vergesslicher Engel

민음사

문 앞에서 오랫동안 망설이면 망설일수록
우리는 그만큼 점점 더 낯설어지는 법이다.
만약 지금 누군가가 문을 열고 나에게 무언가를 물어보면 어떻게 될까?
그러면 나 자신은 자기 비밀을 지키고자 하는
그런 사람과는 같지 않을 것이다.

―카프카, 「귀가」에서

차례

서문

우리 집 현관에는 슬리퍼가 네 쌍이나 있다. 그런데 자꾸 사라진다. 내가 슬리퍼를 책상 아래 벗어 두기 때문이다. 그래 놓고 까먹고 또 다른 슬리퍼를 책상 아래 벗어 둔다. '슬리퍼가 다 어디 갔지?' 가족들은 의아해하며 내 방을 기웃거린다. 역시나 책상 아래에 슬리퍼들이 아무렇게나 쌓여 있다. 나는 왜 그러는 것일까? 무슨 둥지라도 만들려는 것일까? 집 안의 슬리퍼란 슬리퍼는 다 가져가서는 말이다. 온갖 쓰레기로 집을 짓는 새처럼. 어떤 새는 둥지를 만들 때 자기 배에서 깃털을 뽑아 쓴다고 한다. 사실 책상에서 하는 일 또한 크게 다르지 않다. 내 배에서 깃털을 뽑아 둥지 틀기. 내가 나를 재우고, 나를 먹이는 일. 일기를 쓸 때면 매번 그런 기분에 사로잡힌다.

책상 아래 쌓인 슬리퍼 네 켤레를 보면, 안 보이는 네 명이

한 책상에서 일기를 쓰는 것처럼 보일지도 모른다. 어떤 일기는 정말 네 명이 함께 쓴 것 같다. 일기를 쓸 때 나는 나에게서 가장 멀어진다. 나는 나에게서 멀어져 타인을 만나고 다시 내게로 돌아온다. 그래서 일기에는 늘 타인의 흔적이 묻어 있다. 누군가의 일기를 읽을 때도 비슷하다. 책에 적은 것처럼 일기는 너무나도 인간적이고 선한 면을 가지고 있어서 누군가의 일기를 읽으면 그 사람을 완전히 미워하는 것이 불가능해진다. 나의 영혼은 상대의 영혼과 미묘하게 뒤섞이면서 나는 약간 내가 아니게 되고, 상대도 그 자신이 아니게 된다. 그렇게 일기를 쓰는 동안 나는 여러 명이 된다.

이 책의 제목은 『일기시대』이다. 어떤 제목을 붙여도 결국 『일기시대』로 돌아왔다. 한 번쯤 "일기가 내 애인이야."라고 말하고 싶었나 보다. 이 책은 일기를 묶은 책이면서 동시에 일기에 관한 이야기이자 일기론이기도 하다. 시 이야기를 하든, 소설 이야기를 하든 거슬러 올라가면 결국 일기가 있다. 일기가 창작의 근간이 된다는 말은 흔하지만 사실 일기가 시나 소설이 되지 않아도 좋다. 무언가가 되기 위한 일기가 아니라 일기일 뿐인 일기, 다른 무엇이 되지 않아도 좋은 일기를 사랑한다.

2부에 수록된 시인기期 시리즈는 문학을 처음 접하게 된 이십 대 초반의 이야기다. 부모님, 조부모님뻘 되는 아주머니, 아저씨 들과 함께 시를 쓰기 시작했다. 원고를 묶으면서 그 시절이 나의 문학적 뿌리였다는 사실을 다시금 깨달았다. 또한 글을 쓰는 공간인 '방'과 '도서관' 꼭지에는 평면도를 그려 넣었다. 그 공간에서 어떻게 움직이며 무엇을 하는지 생생하게 전달하고 싶었다. 번호를 따라 공간을 상상하며 읽으면 좋을 것이다.

「내 방에서 살아남기」는 불면과 고투하며 쓴 원고다. 오전 12시에서 5시라는, 잘 알려지지 않은 시간은 괴로움의 시간이기도 하지만 꿈과 문학에 관한 시간이기도 하다. 각 부 사이에는 '꿈 전시장'이 있다. '제 꿈을 팝니다'라는 이름으로 독자들에게 꿈을 기록해 보내고 그 꿈을 사고 싶은 독자들이 자신이 꾼 꿈을 보내 주었는데, 그때 전시한 꿈이다.

책을 읽는 일, 남의 일기를 읽는 일, 일기를 쓰는 일 모두 혼자 하는 작업이다. 그런데 완전히 혼자인 것은 아니지 않을까. 모르는 사람밖에 없는데 도서관에 가서 글을 쓰는 것처럼. 어떤 외로움은 모여서 할 수도 있으니까. 외로움을 지키기 위해 내 방에서 글을 쓰고 외로움에서 벗어나기 위해 도서관에 간다. 그래도 도서관에서 내 옆에 아무도 앉지 않았으면 한다. 배에서 털을 뽑아서 둥지를 만드는 중이므로 털이 날리기 때문에. 일기를 쓰는 자들은 얼마간 자신을 위한 둥지를 틀고 있으므로.

1부

내 방에서 살아남기

내 방은 이렇게 생겼다.

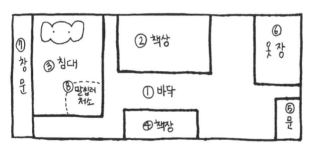

지금은 새벽 2시다. 나는 의자에 앉아,
방에서 나가는 방법을 연구하고 있다.
방에서 나가는 방법은 총 네 가지이다.

공간을 점유하지 않음

⑨ 방이
꿈꾸는 꿈

㉮ 문

㉯ 창문 (15층)

㉰ 숟가락으로 벽 파기

㉱ 잠자기

잠을 자면 꿈을 통해 밖으로 빠져나갈 수 있다. 그런데 잠을 잤는데도 방이면 다시 잠들어 빠져나가야 한다.

방에서 나가는 방법은 이외에도 아주 많다.

나는 주로 새벽 5시가 넘어서 잠든다. 따라서 새벽 5시까지 방에서 살아남아야 한다. 밖은 위험하고 5시까지 갈 곳이 없기 때문에. 그러나 나는 방에 들어가면 밖 충동에 시달린다. 밖 충동은, 방을 나가지 않으면 죽을 것 같다는 충동으로 방 충동과 반대되는 개념이다. 반면, 방 충동은 밖에 있을 때 당장 방으로 들어가지 않으면 죽을 것 같다는 충동이다. 나는 밖도 아니고 안도 아닌 공간을 꿈꾼다.

오늘 내 방에 새로이 합류한 인원은 벨기에 초코 와플이며 이것은 내게 주어진 새벽 식량이다. 어제저녁 내 친구 '추운 귀의 나무'와 복권을 사러 편의점에 갔다가 구해 왔다. 뒷면엔 '알류'라고 적혀 있다. 잘 품었다가 뱃가죽이 등 가죽에 붙으면 먹을 생각이다. 내가 이것을 산 이유는 포장지 겉면에 '쥰초콜릿'이라고 적혀 있는 점이 마음에 들었기

때문이다. 나는 나를 인간이라고 말하기보다 '준인간'이라고
부르는 것을 좋아하고, 삶을 산다는 말보다 '준삶'을 살고
있다고 말하는 것을 좋아한다. 뭐든 조금 낮춰서 부르면
살 만해지기 때문이다. 저녁 8시. 추운 귀의 나무와 나는
갑자기 복 충동에 이끌려(축복을 받고 싶다는 충동) 유령처럼
편의점으로 흘러 들어가 5억 즉석 복권 석 장을 샀다(한 장에
1000원). 복권에는 총 네 쌍의 숫자 7이 있다. 7을 긁으면 두
개의 그림이 나오는데, 똑같은 그림이면 옆에 적힌 당첨액을
준다.

  우리는 복권 석 장과 편의점 빙수를 들고 근처 냇가에
갔다. 그리고 내천을 등지고 복권을 긁었다. 석 장 중 한 장이
1000원에 당첨되었다. 우리는 쓸쓸히 환호했다. 1000원이
당첨되면 그 1000원은 다시 복권을 사는 데 쓰게 된다.
그게 복권계의 상도니까. 그래서 우리는 10분을 걸어 예의
편의점으로 향했다. 가서 당첨된 복권을 새 복권 한 장과
교환하고 다시 내천으로 갔다. 그리고 플래시를 켜고 복권을
긁었다. 또 1000원이 당첨되었다. 그래서 우리는 다시
10분을 걸어 예의 편의점에 가서 당첨된 복권을 새 복권으로
바꾼 다음 다시 내천으로 갔다. 이쯤 되니 뭔가 저의가 있는
것 같았다. 신이 살아갈 최소한의 빌미로서 1000원을 우리
삶에 던져 놓고 그것을 당근 삼아 유산소 운동을 시키고

있다고.(이로써 신이 우리 삶에 딱 1000원만 투자한다는 사실을
알 수 있다.) 알고 보니 신은 헬스 트레이너이고 우리는 개인
PT를 받고 있었던 것. 애당초 당첨되지 않았다면 시간
낭비도 안 하고 곧장 집으로 돌아갔을 텐데. 1000원이
당첨되는 바람에 결국 우리가 얻은 건 0원과 움직임이었다.
그렇다. 친구와 나는 절대 움직이지 않는다. 1000원이
아니라면. 오직 1000원만이 우리를 걷게 한다…….

    친구와 나는 우리의 삶이 1000원과 유산소 운동의 무한
반복이라는 사실을 쓸쓸히 받아들이며 새 복권을 긁었다.
그러나 1000원도 당첨되지 않았다. 그래서 우리는 흩어져
귀가했다. 그렇게 나는 집으로 돌아와 방으로 들어갔다.
    지금은 새벽 3시다. 나는 방을 나가기 위해 ②에 엎드려
꿈을 꾼다.

    꿈을 통해 방을 빠져나가기
    오늘 내가 꾼 꿈: 복도 생활자

꿈에서 나는 복도 생활자였다. 나는 6학년 ○반이 아니라 복도반이었다. 복도반 학생은 복도에 따로 준비된 책걸상에서 생활한다. 나는 교실을 등지고 앉아 말하기, 듣기, 쓰기, 읽기를 공부했다. 꽤 오랜 시간 혼자서 학교생활을 했기 때문에 내 나름의 체계가 잡혀 있었다. 복도의 햇빛이 감미로웠다. 그런데 이상했다. 종례 시간이 지났는데 학교가 끝나지 않는 것이었다. 학생들이 복도로 쏟아져 나오지 않았고 그것이 내게 마음의 평화를 가져다주었다. 그렇게 일주일이 흘렀다. 행복이 지속되니 초조했다. 그때 6학년 1반 문이 열렸다. 뒷문으로 학생들이 한 명씩 빠져나왔다. 나는 긴장했다. 그들은 예전처럼 내 쪽으로 다가와 내 물건을 헝클이고 내 등에 손가락을 튕겼다. 몇은 내 목덜미를 잡거나 머리카락을 세게 잡아당겼다. 그래, 이거지. 마음의 평화가 어색했던 나는 본래 익숙한 상태로 돌아갈 수 있었다. 조롱이 다시 시작되자 나는 예전처럼 세상에 다시 무신경해질 수 있었다. 조용한 복도는 나에게 행복을 주지만 나는 행복을 어떻게 달래 줘야 하는지 모른다. 시끄럽고 비인간적인 복도가 차라리 편했다. 체념이 너무 편해서 나는 복도에서 끝까지 살다 나왔다. 그리고 꿈에서 깨어나서는 중얼거렸다. "정말 잘 다녀왔어." 나는 잘 잔 날에는 이렇게 말한다. 마치 좋은 외출을 한 것처럼.

 나는 방금 ②에서 ⑧로 이동했다. 그리고 잠시 정강이를 껴안고 돼지 인형 말씸러와 대화를 나누었다.

 4시가 되었다. 나는 이제 ⑧에서 ①로 꼬물꼬물 움직인다. 4시 14분. 슬슬 잠이 와야 하지만 졸리지 않는다. 오늘부터 침대 대신 바닥에서 잠을 청해 보려고 한다. 속설에 따르면, 불면증 환자들은 침대 대신 소파나 다른 방에서 더 잘 자는 경향이 있다고 한다. 살짝 불편해야 잘 자기 때문인가. 그렇다면 나에게 결여된 것은 소금과 같은 불편함과 나 자신에 대한 낯섦인지도. 그래서 방바닥에 이불을 깔아 보았다. 바닥에 누워 내 침대를 올려다 보니, 누가 내 방에 놀러 와 침대를 내준 기분이 든다.

최종 취침 시각: 오전 7시 23분

모방자

내 방 구조:

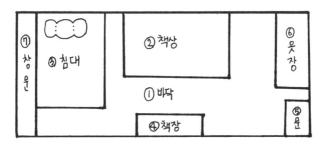

지금은 새벽 2시다. 수면제가 몇 알 남지 않았다. 잠을 기다리며 침대에 누워 뒤척이는 시간은 괴롭다. 내가 나에게 말을 너무 많이 걸기 때문에 나는 나로부터 나를 떼어 놓고 싶다. 그래서 수면제를 먹는다. 수면제가 없다면 나는 말걸사할 것이다……. 말걸사란 내가 나에게 말을 너무 많이 걸어서 죽음에 이르는 것을 의미한다.

　새벽 3시. 나는 ②에 앉아 '아무것도 안 하기'를 하고 있다. 그러다가 ④에서 책을 한 권 집었다. 생각해 보면 내 독서의 이유는 무언가를 미루기 위해서일 때가 많다. 생각을 미루거나, 무슨 일이 일어나는 것을 미루거나 불행을 미루거나, 행복을 미루거나. 책을 읽을 때는 방 한쪽으로 짐을 미는 느낌이 든다. 작은 방에서 매일 똑같은 짐을 밀고 민다. 그러나 미는 행위가 방에 변화를 일으키진 않는다. 그저 짐의 위치를 ③에서 ②로, ②에서 ③으로, ③에서 ①로 이동시킬 뿐.

　새벽 3시 27분. 서랍에서 라면을 꺼냈다.(그렇다. 나는 라면을 서랍에 보관한다. 서랍에는 지갑, 필기구, 손톱깎이, 알 수 없는 검정 비닐, 그리고 몇 봉지의 라면이 들어 있다.) 냄비에 물을 받아 끓인다. 물이 끓기를 기다리는 사이, 책을 읽었다.

　　우리는 어떤 사람이 했던 방식을 따라서, 그 사람'처럼' 무엇을 해서는 절대로 배울 수가 없다. 배우기 위해서는 우리가 배우는 바와 닮은 점이 없는 어떤 사람과 '함께' 무엇을 해야 한다.[|]

| 질 들뢰즈, 서동욱·이충민 옮김, 『프루스트와 기호들』(민음사, 2019), 49쪽.

때로는 글을 쓸 때 혼자로는 부족하다고 느낀다. 뭔가 필요하다. 타인. 따라 하고 싶은 타인. 나와 닮은 누군가. 혹은 나와 하나도 닮지 않은 누군가 필요하다.

어릴 때의 일이다. 나는 늘 따라 하고 싶은 대상이 있었다. 초등학교 시절에는 친구였다. 나는 친구들의 글씨체를 따라 했다. 1학년 때는 수미의 글씨체를, 2학년 때는 수빈이의 글씨체를, 3학년 때는 하경이의 글씨체를, 4학년 때는 나영이의 글씨체를 따라 했다. 모방하는 순간에 나는 수미였고, 수빈이었으며, 하경이었고 나영이었다. 그들에게 빙의해 글씨체를 썼고, 그런 순간이 좋았다. 그러나 내가 따라 하고 싶은 건 비단 그들의 필체만은 아니었을 것이다. 나는 그 친구들의 존재가 부러웠다. 나는 인생의 많은 시간을 내가 아닌 다른 존재가 되는 상상 속에서 보내 왔다. 내가 아니기를 즐기기. 그럴 수 있었던 건 나에겐 나만의 고유한 필체가 없기 때문이었다. 너무 많은 글씨체를 따라 했기 때문에 나의 글씨체는 들쑥날쑥했다. 이도저도 아니기 때문에 언제든 다른 필체가 될 수 있었다. 그리고 그 결과, 현재 나의 글씨체는 되다 만 글씨체에 가깝다……. 나는 어떻게 해서 사람들이 지문처럼 자기만의 글씨체를 갖게 되는지 알지 못한다.

나의 모방력은 학창 시절 내내 유효했다. 특히 중학생

때는 공부를 잘하는 같은 반 친구를 따라 하곤 했다. 그 친구가 쓰는 학용품을 따라 샀고 필기법을 따라 했다. 친구는 교과서 한구석에 형광펜과 갖가지 볼펜을 사용해 정갈하게 필기했고, 공간이 부족하면 철 필통에서 작은 메모지를 꺼내 썼다. 그리고 가장 중요한 순간에는, 끝에 곰 얼굴이 그려진 분류용 포스트잇을 꺼내 썼다. 나는 그 친구를 따라 곰 포스트잇을 샀고(똑같은 것은 구하지 못해서 대충 비슷한 걸로) 중요한 순간에 꺼내 사용했다.

내가 누군가를 따라 하는 경우는 누가 나를 따라 하는 경우보다 훨씬 많았다. 그래서 사람들이 따라 하는 사람을 비꼬거나 헐뜯을 때, 나는 그 험담에 동조하기보다 모방자의 입장이 되는 편이다. 동시에 미묘한 수치심을 느낀다. 어느 날 친구 몰래 그 친구가 사용하는 파란색 철제 필통을 문구점을 뒤져 샀는데, 왠지 찔려서 집에서만 몰래 사용했다. 그러다가 어느 날 깜빡하고 학교에 가져가 버렸고, 그 친구는 내 필통을 보며 "어! 나랑 똑같다!"하고 외쳤다. 나는 진땀이 났다.(친구는 착했다.)

필통이 다가 아니었다. 어느 날, 친구는 작은 사고로 가운뎃손가락이 부러졌다. 그래서 가운뎃손가락에 붕대를 둘둘 감고 다녔다. 오른손잡이여서 연필을 쥘 때 힘들어했다. 친구는 검지와 엄지를 이용해 필기구를 쥐었고,

가운뎃손가락은 붕대에 댄 철판 때문에 늘 펴고 있어야 했다. 문제는 내가 그것도 따라 하고 싶어 했다는 점이다.(십사 세 문보영아……) 나는 내 방에서 붕대로 가운뎃손가락을 둘둘 감고 스카치테이프로 붙인 채 수학 문제를 풀었다.(보다시피 나는 어려서부터 내 방에서 많은 것들을 이룩해 왔다.)

웃긴 점은, 나는 수학을 전혀 좋아하지 않았는데, 가운뎃손가락에 붕대를 감고 수학 문제 푸는 걸 따라 하고 싶었기 때문에 덤으로 수학 문제집도 따라 풀었고, 결론적으로는 모방력 덕에 수학 성적도 올랐다는 점이다.

사실 나는 이 시절의 나를 그리워한다. 모방하고 싶은 대상이 있는 순간은 그렇지 않은 순간보다 덜 밋밋하니까. 누군가에게 빙의해 글씨를 연습하거나, 수학 문제를 풀거나, 남의 글을 읽고 그 사람의 문체로 글을 쓰거나. 무언가를 따라 하는 순간에는 애씀 없이 그 무언가를 하게 된다. 뭔가가 '하고 싶다'라는, 인생을 방치하면 좀체 생겨나지 않는 이 느낌은 소중하고 영험하다. 뭔가가 하고 싶다는 마음을 관장하는 '나도 할래 수용체(I want to do something receptor)'는 나이가 들면서 그 수가 점점 줄기 때문이다.

새벽 3시 30분. 하고 싶은 게 아무것도 없다. 오직 라면을 기다릴 뿐. 누군가를 모방하고 싶어 하던 시절이 그립다. 나의 글씨체를 그만 타박해야지. 나의 글씨체가 타인의

글씨체에서 왔다는 사실 때문에 나는 나의 글씨체를
인정하지 않는다. 그러나 지금 보니 영락없는 내 글씨체다.
일전에 내 친구 김승일 시인이 이런 말을 했다. 누군가
그에게 이렇게 물었다고 한다. "어떻게 하면 자기만의
개성을 가질 수 있나요?" "음…… 가장 좋아하는 시인 세
명을 떠올리고, 그 세 명에게 동시에 빙의해 쓰세요."

나는 나의 글씨체를 사랑한다.

②에서 라면을 먹는다. 라면 국물을 책상에 뚝뚝
흘리면서. 라면 국물에 밥을 말아 먹고 ③번 침대로 이동.
똑똑. 나는 잠의 문을 두드린다. 그러나 잠은 나를 그들의
세계로 들여보낼 생각이 없다. 다시 내 고향 ②로 옮겨 가
'아무것도 안 하기'를 이어 가 본다. 그러나 3초도 안 되어
실패. 들뢰즈의 글을 다시 읽는다.

우리는 어떤 사람이 했던 방식을 따라서, 그 사람'처럼'
무엇을 해서는 절대로 배울 수가 없다. 배우기 위해서는 우리가
배우는 바와 닮은 점이 없는 어떤 사람과 '함께' 무엇을 해야
한다.

이 글은 오늘 쓴 일기와 반대되는 이야기다. 우리가
무언가를 배우기 위해서는 '처럼'이 아니라 '함께'로

이동해야 한다고 들뢰즈는 말한다. 초보적인 배움은 무언가를 모방하는 것에서 시작하지만, 진정한 배움은 모방을 넘어서, 나와 전혀 닮지 않은 그 누군가와 '함께' 무언가를 할 때 나 자신에게서 저절로 발생하기 때문인가. 나는 한 번도 인력거(친한 친구의 이름이다.)를 따라 하고 싶은 적이 없었다. 나는 그 점이 의아했다. 나는 늘 누군가를 어느 정도 따라 하고 싶어 하는데 말이다. 인력거도 마찬가지였다. 그러나 그녀에게서 많은 걸 배웠는데, 친구에게서 무언가를 배운다는 것은 친구와 비슷해진다는 뜻이 아니라, 친구와 나 사이의 빈 공간에서 나의 것도 친구의 것도 아닌 새로운 무언가가 발생하고 우리의 영혼이 그 빈 공간에서 무언가를 먹고 잡초처럼 쑥쑥, 자라난다는 것을 의미하기 때문이다. 결국 친구인 자들은 빈 공간에게서 무언가를 배운다.

최종 취침 시각: 오전 4시 37분

내 방에 물건 두고 가지 마

내 방은 다음과 같이 생겼다.

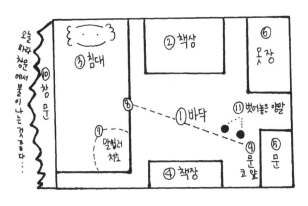

"안녕히 주무세요. 다녀오겠습니다!" 어렸을 때 오빠와 나는 자기 전에 부모님께 이렇게 인사했다. 어딜 다녀온다는 말이었을까. 우리에게 잠은 휴식보다 유희의 기능을 더 많이 가지고 있었다. 나는 일어날 때 졸린 이유가 꿈속에서 너무 놀아서라고 생각했다. 나이를 먹으면서 잠은 점점 유희의 기능을 잃고 휴식의 기능에 집중한다. 잠은 삶에서의 (일시적인) 퇴근과 같기 때문에. 그러나 스무 살 이후 사라지지 않는 불면증 때문에 나에게 잠은, 출근도 못 하고 퇴근도 못 한 채 꽉 막힌 도로에 끼인 상태와 같다.

　　새벽 2시 28분. 잠이 오지 않는다. 잠들기에 실패한 나는 ③에서 ②로 이동해 공책을 펴 일기를 쓰고 있다. 내 방을 되찾는 내용의 일기다. 저녁 7시경, 나는 방에서 쫓겨났다가 9시가 돼서야 방을 되찾았다. 내가 방에서 쫓겨나는 순간은 친구가 내 방에서 잘 때다. 친구가 놀러 오면 친구는 침대에 앉고 나는 책상 의자에 앉아 얘기를 나눈다. 내 방에 자주 놀러 오는 사람은 인력거(친구의 이름이다.)인데, 그녀는 방에 들어오면서 동시에 양말을 벗는다. ⑨에서 ⑧로 걸어가는 길목에 양말을 한 짝씩 벗어 놓는데, 한 짝은 문가에 벗어놓고 다른 한 짝은 그로부터 약 20cm 떨어진 지점에 벗는다.(⑪) 양말을 벗는 개인적인 철학이 있는지, 벗겨진 양말은 희한하게도 동그랗게 말린 작은 원통형이다. 발이 빠져나가고 생긴 둥근 공간 때문에 벗어 놓은 양말은, 흡사 지붕에서 새는 물을 받기 위해 바닥에 세워 둔 작은 그릇 같다.

　인력거는 약간 뻣뻣한 자세로 침대 모서리 ⑦에 앉아
있다가, 조금씩 영역을 넓혀 ⑧로 슬금슬금 이동한다.
그러더니 답답하다며 바지를 벗고 내복 차림을 하고는
은근슬쩍 뒤로 눕는다. 화장실을 다녀오니 인력거는 어느새
이불 속으로 기어 들어가 두 눈만 내놓은 채 내게 말한다. "불
좀⋯⋯"

　나는 불을 끄러 방의 중앙 ①로 이동했다. 그리고 ⑪로
물러나 "잘 거야?"하고 다시 묻는다. 이제 나는 ⑨로
물러난다. 스위치가 코앞이다. 점점 후퇴하다가 문 앞에
다다른다. 그렇게 나는 내 방에서 영영 물러난다. 방은
물러남을 경험하는 공간인가. 그런데 방에서 쫓겨나는
것보다 더 큰 문제는 친구들이 내 방에 자기 물건을 너무
많이 두고 간다는 점이다.

　인력거가 놔두고 간 일기장, 미성이가 두고 간 타이레놀,
해솔이가 두고 간 양말, 규희가 두고 간 바람막이, 우기가
놔두고 간 텀블러, 지혜가 놔두고 간 모자⋯⋯. 나만의
것으로 가득했던 방이 타인의 흔적으로 흐트러지고,
친구들의 물건과 내 물건이 뒤섞이면서, 내 방은 약간 내
방이 아니게 된다. 가랑비에 옷 젖듯, 내 방을 자기 방으로

만들려는 속셈인가. 그러나 친구들은 자신이 두고 간 물건에 대한 미련이 없고, 나도 물건을 책임지고 돌려주는 성격이 아니어서, 두고 간 물건은 자연스럽게 내 것이 된다. 어느 날 횡단보도를 건너다가 나는 친구 귀고리를 걸고, 친구 옷을 입고, 친구 양말을 신고 있는 나에 관한 존재론적인 문제에 봉착한다. 여기는 어디, 나는 누구? 나는 내가 아니라 인력거인가? 해솔이인가? 아니면 나는 해솔이면서 규희이고 우기이면서 동시에 미성이인가. 그렇게 나는 여러 명의 사람이 되어 간다.

지금 쓰고 있는 이 일기는 인력거가 두고 간 일기장에 이어서 쓰는 일기로, 나에게 일기란 늘 친구와 관련된 어떤 것이었다. 처음 일기 혹은 에세이를 쓰기 시작한 것은 대학생 시절이었다. 문학회 동아리 친구들은 블로그에 시를 올렸다. 나는 친구들의 시를 먹고 자랐다. 그런데 친구들의 시를 공짜로 읽는 게 미안해서 나도 뭐라도 내놓아야 할 것 같았다. 그래서 블로그를 열어 일기를 쓰기 시작했다. 친구들은 내 일기를 읽고, 나는 친구들의 시를 읽었다. 그러다가 친구들도 일기를 올리기 시작했다. 우리는 서로의 일기를 읽었다. 한때 우리는 시보다 일기를 더 사랑했다. 나는 친구들의 일기를 읽으면서 일기가 정말 좋다고 생각했다. 일기는 너무나도 인간적이고 선한 면을 가지고 있다. 누군가의 일기를 읽으면 그 사람을 완전히 미워하는 것이 불가능해진다는 점에서 말이다. 서로의 일기를 읽으면, 나의 영혼은 친구들의 영혼과 미묘하게 뒤섞이면서 나는 약간 내가 아니게 되고, 친구들도 약간 그 자신이 아니게 되었다. 그렇게 우리는 뒤섞였다. 친구들이 두고 간 물건으로 어질러진 나의 방처럼 온전한 자기만의 방이란 건 없고, 하나의 방이 여러 개의 방을 품고 있듯이.

사실 나에게 에세이는 일기와 같은데, 이 둘을 분리하는 순간 주제와 의도를 갖고 글을 써야 한다는 이상한 강박에 사로잡히곤 한다. 일기를 쓴다고 생각하면 아무거나 쓰면 될 것 같은데, 에세이를 쓰려면 아무거나 쓰면 안 될 것 같아서 끙끙대다가 아무것도 쓰지 못한다. 그래서 에세이를 써야 할 때도 일기를 쓰자고 생각하며 공책을 편다. 그렇게 아무거나 쓰다 보면 어느 날 그 글은 소설이 되기도, 시가 되기도 한다. 일기는 무엇이든 될 수 있기에. 일기가 집이라면 소설이나 시는 방이다. 일기라는 집에 살면 언제든 소설이라는 방으로, 시라는 방으로 들어갈 수 있다고 믿는다.

새벽 3시 반. 나는 일기장을 책상 가장자리로 밀어 두고 휴대폰을 꺼냈다. 전화 영어를 하려고. 새벽에는 외로우니까. 사람이 고파서 새벽 3시에 전화 영어를 한다. 예전엔 아침에 일어나기 위해 전화 영어를 했는데 이제는 새벽에 한다. 새벽엔 친구들도 자서 전화를 걸 수 없으니까. 그런데 새벽엔 필리핀 선생님들도 잔다. 그래서 아프리카 선생님과 통화한다. 시차 때문에 아프리카는 아직 저녁이다. "굿 이브닝~" 아프리카 선생님이 나를 반긴다. 그러면 나는 새벽에 홀로 깨어 있는 사람이 아닌 것 같고, 사람들이 북적한 퇴근길에 합류한 것만 같고, 내 인생도 굿 이브닝인 것 같고, 왠지…… 왠지 혼자가 아닌 것만 같다.

　나는 ③으로 이동해 누워서 전화를 받았다. "헬로~" 우리는 하루에 한 편씩 《데일리 뉴스》를 읽는다. 오늘 내가 고른 뉴스는 「눈물 모양 집에서 하룻밤 보내기(spend a night among the trees in a teardrop tent)」.[2] 나무에 매달린 눈물 모양의 텐트에 관한 뉴스다. 네덜란드 예술가 드레 바페나르의 걸이형 텐트는 바닥은 둥글고 꼭지가 뾰족한 눈물 모양이며 나무에 매달려 있다. 사다리를 이용해 눈물 속으로 들어가 먹고 자고 싸고 출근할 수 있다. 게다가 눈물의 집에는 창문이 있어서, 원하면 눈물 속에서도 세상을 내다볼 수 있으며 햇빛을 쐬거나 환기를 할 수도 있다.

　새벽 4시. 나는 눈물 속에서 먹고 자고 싸는 삶을 상상한다. 누가 눈물을 흘릴 때마다 그게 집이 된다면,

2　웬델 T. 해리슨의 기사 참고.

사람들이 눈물로 집을 짓는다면, 누군가 내가 흘린 눈물에 산다면, 주택 문제는 하루아침에 해결될 것이다. 눈물의 집은 소재가 유연해서 안에 있는 사람의 움직임과 뒤척임에 따라 모양과 형태가 변한다. 방이 나의 컨디션과 상태를 반영해 시시각각 변하는 것이다. 마치 나의 일기장이 내가 살아가는 모양에 따라 형태를 달리하듯. 보르글룬시는 방문객들이 눈물에서 머물 수 있도록 허용한다고 한다. 눈물에서 자는 비용은 1박에 83달러부터 시작. 눈물은 최대 4명까지 수용할 수 있다. 어른 둘, 아이 둘. 그러나 그들이 사다리를 타고 모두 빠져나가면 눈물은 텅 빈 혼자가 된다. 그러므로 눈물을 홀로 내버려 두지 않기 위해 우리는 눈물 속에서 살아야 한다.

눈물을 묶어놓았음

"남은 저녁 시간 잘 보내~" 아프리카 선생님이 내게
말한다. "고마워." 나는 답한다. 전화를 마치고 잠이 올
때까지 침대에 배를 깔고 누워 눈물 집에 관한 일기를 썼다.
내 방이 눈물 모양이 아니라서 다행이다. 그러면 사는 내내
웅크리고 있어야 할 것이다…….

최종 취침 시각 : 6시 12분

처천재 이야기

친구는 자신의 어리둥절과 놀고 있었다

처천재는 학창 시절 전교 1등이었다. 나는 처천재와 딱히 친하지는 않았지만 그 아이가 나와 친해지려고 한다면 나로서는 거절할 리 없는 그런 사이였다. 처천재는 약간 연예인에 가까웠다. 같은 반인데 나는 걔를 알고 걔는 나를 알지 못하는. 언젠가 걔가 "보영!"하고 불렀을 때 내가 "헐! 내 이름 알아?"라고 답해서, 걔가 나를 멀뚱히 쳐다본 게 기억난다. 처천재에게는 딱히 친한 친구도, 적도 없었다. 비교 대상이 없을 정도로 공부를 잘해서 아무도 그녀를 질투하지 않았다.

그녀는 내가 태어나서 처음 본 천재였다.(그래서 이름이 처천재.) 처천재는 못하는 게 없었다. 별일이 없으면 중간고사, 기말고사 전 과목 만점은 기본이었고 한두 개

틀리는 수준이었다.(선생님이 문제를 잘못 내서.) 처천재는
천재인데 노력형이어서 그녀를 따라갈 자는 아무도 없었다.
내신만 잘하는 게 아니라 전국 논술대회나 영어 토론 대회,
혹은 수학 경시 대회에 나가면 꼭 상을 타 왔다. 그녀는 체육,
음악, 그림 등 예체능에도 능했지만 예술에 흥미는 딱히 없어
보였다.

처천재는 인정 욕구나 선생님에게 사랑받고자 하는
욕심 같은 건 없어 보였고, 그저 묵묵히 공부에 전념하는
아이였다. 처천재와 내가 유일하게 말을 섞는 시간은 운동장
조례 시간이나 체육 시간이었다. 내가 키 번호 2번이고 걔는
1번이었으니 처천재가 누군가와 말을 하고 싶다면 그건 어쩔
수 없이 나였다. 그러나 처천재는 내가 말을 걸지 않는 이상
뒤돌아보지 않았다. 얼마나 많은 인간이 자신의 뒤에 서
있는지 그녀는 궁금해하지 않았다. 그래서 나는 처천재에게
말을 걸기 어려웠다. 하지만 나는 종종 나름의 용기를
내서 말을 걸었고, 그녀는 또 나를 빤히 쳐다보며 고개를
끄덕였다. 그렇지만 처천재가 정작 자기 얘기를 한 적은 한
번도 없었다. 그러니 나는 그녀가 평소에 무슨 생각을 하며
살았는지는 알지 못한다.

못하는 게 하나도 없는 처천재의 초인성을 질투한 사람이
한 명 있었는데, 그건 다름 아닌 영어 선생님이었다. 영어

선생님은 여타 선생님들과 달리 공부를 잘하는 아이들보다 (일명) 비-공부파 아이들에게 애정을 주는 사람이었다. 공부가 전부라고 말하는 다른 선생님과 달랐기 때문에 많은 학생이 영어 선생님을 좋아했다. 어느 날이었다. 영어 수업 시간에 비-공부파 친구들이 연예인 성대모사로 영어를 웃게 만들었다. 판이 조금 더 커져서 성대모사를 잘하는 애들이 돌아가며 성대모사를 했고, 수업은 삽시간에 성대모사 파티가 되었다. 평소 교사들에게 별다른 관심을 받지 못하던 세력이 우르르 일어나 자태를 뽐냈다. 나도 배꼽이 빠지도록 웃었던 게 기억난다. 그때, 영어는 처천재의 이름을 불렀다.

"너도 하나 해 봐. 공부만 하지 말고."

선생님의 말투는 온화했다. 그러나 처천재는 약간 당황했고 시간을 끌며 머뭇거렸다. 사위가 조용해졌다. '쟤가 하면 재미가 없을 텐데'라는 암묵적인 여론이 형성되었던 것이다. 앞에 앉은 아이들이 뒤를 돌아보았다. 선생님이 처천재에게 성대모사를 주문했을 때 선생님의 얼굴은 평소처럼 다정했지만 어딘가 조금 달랐는데, 그것은 무언가를 얻고자 하는 이의 얼굴에 가까웠다. 나는 그날, 좋아하는 선생님의 얼굴에서, 누군가의 약점을 건드리고 싶어 하는 표정을 보았다. 결국 영어 선생님이 처천재에게 하고 싶었던 말은

"네가 다 잘해도 못하는 게 하나 있다. 그건 바로 매력이라는 것이다."

이었던 것 같다. 공부를 잘하는 사람, 그게 아니더라도 뭔가를 너무 열심히 하는 사람들을 향해, 누군가는 그가 매력은 없을 거라는, 혹은 세상을 모를 거라는 혐의를 씌우곤 한다. 걘 공부밖에 모르잖아. 걘 성공밖에 모르잖아. 걘 돈 버는 것밖엔 모르잖아. 걘…… 등등. 그러나 이런 말은 잘 없다. 걘 여행밖에 모르잖아. 걘 산책밖에 모르잖아. 걘 캠핑밖에 모르잖아. 왜냐하면, 누가 너무 열심히 살면 초조해지지만, 누가 너무 논다고 초조하지는 않기 때문이다.

누가 봐도 처천재가 불리한 상황이었다. 그때 처천재가 자리에서 일어났다. 그녀는 교과서를 읽던 자세와 표정으로, 웃음기 하나 없이 최선을 다해 모 연예인을 따라 했다. 나는 그녀와 다른 분단의 같은 행에 앉아 있어서 그녀의 옆모습을 볼 수 있었는데, 그녀는 어떤 개그맨의 표정과 목소리를 정확히 재현하기 위해 얼굴 근육을 활달하게 사용했고(나는 그 친구가 표정을 지을 수 있다는 걸 처음 알았다.), 음색과 성조를 위해 등을 약간 굽혔으며(무언가에 집중할 때 사람은 등을 굽힌다.) 그러다가 등을 약간 폈고(그것은 등 그루브였다.), 평소보다 턱을 많이 쓰며 입을 크게 벌렸다. 보는 사람이 민망할 정도로 그녀는 최선을 다해 성대모사를 해냈다.

심지어 꽤 비슷했다. 그러나 아무도 웃지 않았다. 하나도
웃기지 않았기 때문에. 왜냐하면 모두가 그녀가 성대모사에
실패하는 모습을 구경하고 싶었기 때문이었다. 그러나
그들은 아무것에도 실패하지 않는 사람이 실패하는 모습을
보는 것에 실패했다. 처천재는 선생님의 지시를 기다리며
가만히 서 있었고, 교실에는 썰렁한 기운이 감돌았다.
영어는 "됐다. 잘하네. 응, 너 잘해."라고 말하며 처천재에게
앉으라고 했다. 그러나 처천재는 어떠한 득의감도 느끼지
않는 듯했으며, 그렇다고 상처를 받은 것 같지도 않았고,
(이건 지금 와서 내 멋대로 생각하는 것인데) 자신을 보호하기
위해 아무것도 모르는 척하며 자리에 앉았다. 그리고 쉬는
시간에는 평소처럼 시험공부를 했다.

　연민이라는 감정은 웃긴 감정이다. 나보다 잘난
존재에게도 품을 수 있다는 점에서.

　그런데 나는 사실 그녀가 실패하는 장면을 목격한 적이
있다. 그로부터 한 계절 정도 지났을 때였다. 체육 수행 평가
시간이었다. 일 분 안에 쌩쌩이를 몇 회 이상 해야 했다.
처천재의 차례였다. 그녀가 줄넘기를 잡았다. 뛰었다. 첫
번째, 두 번째, 연달아 성공했다. 그런데 세 번째에 발이 줄에
걸렸다. 그녀는 당황하지 않고 발로 줄을 밟고 손잡이를 쭉

잡아당긴 뒤 줄을 돌렸다. 또 걸렸다. 다시 시작했다. 한 번, 두 번 성공. 그리고 줄이 다시 걸렸다. 뭔가 조진 것 같다고 생각했는지 그녀가 당황하는 게 느껴졌다. 다시 시작. 처천재는 뛸 때 조금 더 무릎을 굽혀 보았다. 그런데 줄이 또 걸리고 말았다. 시간이 흘렀다. 그녀는 미간으로 힘을 모았다. 뛰었고, 줄은 또 걸렸다. 횟수를 채우지 못하고 일 분이 지나 버렸다.

그 후에 내 차례가 끝나고, 나는 처천재를 찾았다. 처천재는 다른 학생들이 시험을 치르는 동안 운동장 구석 풀숲에 가 있었다. 혼자 있고 싶어 하는 듯했다. 나는 그 쪽으로 다가갔고, 지난번처럼 그녀의 옆모습을 보았다. 그녀는 울고 있지 않았다. 자책하지도 않았고, 화를 내거나 슬퍼하지도 않았다. 그녀는 어디 멀리 가 있었다. 넘지 못한 줄넘기 앞에서 그녀가 느낀 감정은 좌절이나 분노가 아니라 '어리둥절'이었기 때문에. 그녀는 난생처음 어리둥절해하고 있었다. 그리고 그것과 놀고 있었다. 처천재는 풀숲의 작은 동물 같았다. 다람쥐가 열심히 모아 온 도토리를 혼자 까먹고 아무도 모르는 내밀한 공간에 남은 도토리를 저장하고 있었다.

책에 그림이 많았으면 좋겠어

친구와 호수에 갔다. 우리가 호수에 간 이유는 시간이
남아돌아서며, 남아도는 시간을 주체할 수 없기 때문이었다.
우리는 시간과 입장 정리를 하기 위해 만났고, 호수에 갔으며
무작정 시간을 견디는 연습을 했다. 우리는 막연히 하늘을
바라보았다. 그러다 십 분도 견디지 못하고 노을에 관한 글을
쓰기로 했다. 친구와 나는 호수가 보이는 테라스 카페에서
노을을 기다리며 글을 썼다. 그런데 친구가 갑자기 벌떡
일어서는 바람에 의자가 뒤로 넘어졌다. 친구는 쓸 거리가
필요해서 일부러 그런 짓을 한 거였다. 그러더니 친구는
갑자기 풀밭으로 돌진했다가 호수변을 쌩 하고 달리더니
카페 앞에 쳐진 긴 줄에 걸려 넘어졌다. 모두 글에 쓰기 위한
짓거리였다. 친구는 다시 자리로 돌아와 점잖게 노트북을 켜

방금 의자가 넘어지고 줄에 걸려 넘어졌다고 썼다. '난 오늘 넘어졌다…… 의자도 넘어졌다…… 슬프다…… 쏼라쏼라.' 그럼 난 뭘 해야 하지. 넘어진 건 친구지만 넘어진 친구를 본 건 나니까 나도 넘어진 친구에 관해 썼다. 예전에 들은 이야기가 떠올랐다. 소설가들이 단체로 소풍을 갔다가 길에서 어떤 희귀한 풍경을 보았다고 한다. 그 순간 그들은 한마음 한뜻이 되어 길바닥에서 가위바위보를 했다. 누가 그 풍경에 관해 쓸지 정하려고.

친구와 내가 카페에 가져온 책은 똑같은 책이었다. 제발트의 『토성의 고리』다. 제발트를 읽으면 제발트처럼 쓰고 싶어지는 대신 제발트처럼 살고 싶어진다. 제발트처럼 여행을 다니면서 글을 쓰고 싶다는 말이 아니라 제발트가 보는 식으로 세상을 보고 싶어진다. 차분하고 분노 없이 인간과 사물 바라보기. 나는 그의 안구가 갖고 싶다. 특히, 작은 닭들이 안식처를 버리고 들판으로 나온 장면을 묘사한 부분에서는 이상하게 눈물이 났다. 제발트를 읽으면 행복도 불행도 과장하지 않는 법을 배우게 된다.

친구와 내가 자리 잡은 테이블은 한쪽 다리가 짧았다. 그래서 나는 테이블 다리 아래에 제발트를 깔았다. 그러자 친구가 벌떡 일어서더니 "이건 아닌 것 같아."라고 말했다. 나는 움찔했다. 나는 친구를 살살 달래며 "하긴 우리가 명색이 제발트 애독자인데 제발트가 한국에 없다고 막 대하는 건 좀 도의가 아니긴 하지……" 하고 말하려고 했다. 그런데 친구가 말했다. "내 것도 깔면 좋을 듯." 제발트를 깔았는데 여전히 다리가 흔들려서 다른 제발트도 깔자는 것이었다. 친구는 허리를 굽혀 자신의 제발트를 다리 아래에 깔았고, 그들은 자신들이 찾던 고향을 만난 것처럼 자리에 꼭 들어맞았다. 두 제발트는 테이블을 지탱하며 우리에게 쾌적한 글쓰기 환경을 마련해 주었다.

언젠가 나는 제발트와 앙드레 브르통의 『초현실주의 선언』을 동시에 읽으며 그들의 싸움을 즐긴 적이 있다. 앙드레 브르통의 『초현실주의 선언』과 제발트를 함께 읽으면 강 건너 불구경을 할 수 있다. 나는 두 권의 책을 마주 보게 책상 위에 세워 둔다. 그렇게 하면 정말로 책이 싸우는 것 같다.

"묘사들!"

앙드레 브르통이 욕하면 제발트는 보복으로 묘사를 한다.

"장황한 보고서!"

브르통이 욕설을 날리자 제발트는 의자 등받이에서 등을 떼고 보고서 작성에 착수한다. 『초현실주의 선언』과 『토성의 고리』가 서로의 집 뒷마당에 불을 놓고 있다. 싸우면 시간이 잘 가므로 책을 읽는다. 그런데 더 오래전, 나는 제발트를 읽으면서 앙드레 브르통의 소설 『나자』를 떠올린 적이 있다. 비슷한 면이 있기 때문이었다. 나중에 『초현실주의 선언』을 읽으면서 묘사에 관한 그들의 의견이 정반대임을 알게 되었는데, 정작 둘의 소설은 좀 비슷한 구석이 있다. 둘 다 소설에 사진을 자주 삽입한다.(『초현실주의 선언』의 번역자는 브르통의 저작에 사진이 자주 등장하는 것은 묘사가 무력하다는 그의 생각과 관련된 것이라고 해석한다.[3]) 그런데 내가 브르통의 『나자』를 읽으면서 문득 제발트를 떠올렸던 이유는, 그가 장갑을 묘사한 대목이 인상 깊었기 때문이었다. 묘사가 너무 멋졌던 것이다. 그리고 제발트의 작품에서 좋아하는 부분도 어떤 사물과 사람을 끈질기고 차분하게 묘사하는 부분이었다. 그래서 나는 두 작가가 막연히 비슷하다고 생각했던 것이다.

어느 날 나는 친구에게 브르통의 『나자』를 추천했는데, 친구는 『나자』를 읽다가 (지루해서) 던져 버렸다고 했다. 그리고 어떤 친구에게는 제발트를 추천했는데, 그 친구는 제발트를 읽다가 (너무 지루해서) 던져 버렸단다. 그러니까 후대 사람들에게는 공평한 취급을 받는 것으로 싸움이 균형을 이루고 있으므로 나는 안심한다.

---

3   앙드레 브르통, 황현산 옮김, 『초현실주의 선언』(미메시스, 2004), 66쪽.

작품에 사진을 넣는 습관에 관해 생각하니 여러 작품이 덩달아 떠오른다. 카프카의 소설 「시골에서의 결혼 준비」에는 명문장이 있다.

[2쪽 탈락][4]

[4쪽 탈락][5]

이 문장들이다. 이 소설에서 나는 화자가 어디론가 가고 있다는 것만을 제외하고는 아무것도 제대로 이해하지 못했다. 그런데 그것이 나의 독해력의 문제가 아니라 '탈락된 장'들 때문이라고 생각하니 마음이 놓였다. 카프카가 작품에 미리 손을 써 둔 것일까? 작품이 이해되지 않을 때 작품에 책임을 전가하도록. 후대의 독자들을 위해 빠져나갈 뒷구멍을 마련해 둔 것이지.

그런데 정말 (탈락된) 2쪽과 4쪽이 존재하긴 했을까? 원래부터 없었던 것은 아닐까? 어떤 시들은 제목 옆에 일련번호를 단다. 그런데 가끔은 터무니없는 숫자가 적혀

4 프란츠 카프카, 박병덕 옮김, 『세계문학 단편선―프란츠 카프카』(현대문학, 2020), 491쪽.
5 위의 책, 495쪽.

있다.

시「두더지와 나 1007」

시「두더지와 나 88」

시「두더지와 나 371」

시「두더지와 나 937」

처음에 나는 시인이「두더지와 나」라는 연작시를
1007편이나 쓴 줄 알았다. 1000여 편의 시를 쓰고도 발표한
시는 고작 4편이라니! 그렇다면 1000편의 시를 불태워
버리고 4편만을 남긴 건가? 진정한 시인!(진정한 시인은
가성비가 제로인가……) 그런데 지금 생각해 보니 사실 네
편만을 쓴 것일 수도 있다. 그러나 그것은 사기라기보다는
일종의 문학적 놀이인지도 모른다. 제목에 큰 숫자를 붙인
것만으로 시에 공간이 있는 것처럼 보이기 때문이다. 큰
숫자는 작품에 묘한 공간감과 시간감을 부여한다. 제목 뒤에
숫자나 시간을 적는 것만으로 그 시가 굉장히 오랜 시간 위에
쌓인 인상을 준달까. 따라서「두더지와 나」연작을 읽으며
나는 발표하지 않은 나머지「두더지와 나」들을 상상한다.
그것은 쓰이지 않은 시를 상상하는 재미를 준다. 물론 그
시들이 실제로 존재하는지 알 수 없지만, 세상에 나오지 않은

방대한 양의 시가 있다고 상상하는 것도 일종의 (상상적)
독서였다고 생각한다.

그날 친구와 나는 노을을 보지 못했다. 붉은 기운 하나
없이 낮에서 밤이 된 것이다. 우리가 노을을 기다렸기 때문에
노을이 오지 않은 게 아닐까, 하는 사소한 의심을 남기고
우리는 집으로 돌아갔다.

P.S.
카프카의「시골에서의 결혼 준비」의 진짜 명문장은
다음과 같다.

어쩌면 여기에서도 그런 짓이…….
(원고는 중단되어 있다.)[6]

6 위의 책, 511쪽.

당신은 사랑받기 위해 태어난 사람

1화

누군가 나를 미워할 때 내가 먼저 하는 행동은 '자기 검열' 혹은 '빠른 자아 스캔'이다. 나는 주로 '내가 뭔가를 잘못했구나! 내가 또 누군가의 심기를 건드린 거야!' 하고 생각해 버린다. 나를 미워하는 사람이 옳다는 생각이 먼저 든달까. 미움을 선점했다는 이유로 상대방이 나보다 위에 있는 기분이 든다. 맞서서 미워하면 되는데, 약점을 잡힌 사람처럼 빌고 싶어진다. "죄송해요. 일단 잘못했어요." 가끔 내가 내 편인지 의심스럽다. 이런 '을'스러운 세계관은 언제 생겨난 걸까?

처음 미움받은 기억이 떠오른다. 초등학생 때 겪었던 일인데, 그 일에 관해 끄적이자 몹시 피곤해서 열두 시간을 내리 잤다. 일어나서 다시 읽어 보니 찢어 버리고 싶었다.

그래서 '나'라는 주어를 '황구'로 바꾸어 다시 작성했다.

「사랑받기 위해 태어난 황구 이야기」

　4학년이 된 황구는 걸스카우트에 입단했다. 황구는 걸스카우트에 들어가면 여전사가 되는 줄 알았다. 걸스카우트는 4학년, 5학년 그리고 6학년으로 구성되었다. 11세 황구는 기묘한 상상꾼이었다. 그녀는 공상을 사랑했고 친구들에게 내면의 이야기를 들려주는 것을 좋아했다. 황구의 어머니는 황구가 상상력이 뛰어나다고 생각했지만 대다수의 사람들은 황구가 괴짜라고 생각했다. 그런데 황구는 눈치가 없어서 마냥 자기 자신으로 살았다.

　걸스카우트의 첫 번째 행사는 수련회였다. 3일 중, 둘째 날엔 그들이 직접 준비한 공연이 예정되어 있었다. 춤 공연과 수화 공연 중 하나를 선택할 수 있었고 황구는 신나서 수화 팀에 들어갔다. 황구는 내면의 이야기를 전하기엔 '입'이라는 기관 하나로는 부족하다고 생각했다. 손으로도 이야기를 할 수 있다면 더 많은 이야기를 만들 수 있다고 생각했다. 수화 공연은 「당신은 사랑받기 위해 태어난 사람」이라는 곡을 수화로 하는 공연이었다. 걸스카우트는 두 팀으로 나뉘어 2주 동안 연습했다. 놀이터에서, 교실에서, 강당과 시청각실에서.

걸스카우트에는 나름의 서열이 있었다. 6학년이 왕좌를 차지한 귀족이었다면 5학년은 대수나 보좌관 혹은 간신이었고 4학년은 피지배 세력이었다. 6학년에는 가문을 대표하는 일곱 명의 귀족이 있었는데, 한 명의 왕과 여섯 명의 귀족으로 이루어졌다.(편의상 이들을 칠귀라고 부르겠다.) 칠귀는 언제나 무리 지어 다녔고 큰 소리로 떠들었으며 소위 '잘나갔다'. 그리고 5학년은 6학년 앞에서는 기었고, 4학년 앞에서는 6학년보다 더 으스댔다.

칠귀는 종종 그들 사이에서만 통용되는 말을 지어내 사용했다. 대표적으로 '야자'가 있었는데, 그들 사이에서 '야자'는 '야간 자율 학습'의 준말이 아니라 '밤에 때리는 놀이'를 의미했다. 칠귀는 중학생이 된 선배들이 왕년에 자신들에게 어떤 짓을 했는지 (4학년들에게 들으라는 듯이) 떠들었다. 그런데 그들이 너무 신나 보였기 때문에 황구는 그들이 이야기를 지어내고 있다고 생각했다. 그들은 서로 때리는 자세를 취하며 (실제로는 때리지 않고) "픽! 으으. 나 그때 완전 쓰러졌잖아."라는 말을 주고받았다. 그게 야자라고 했다.(훗날 황구는 고등학생들이 매일 야자를 한다는 말을 들었을 때 식겁하게 된다.)

황구는 뭐가 다가오는지 몰랐다. 황구는 눈치가 없었고 눈치가 없어서 겁도 없었다. 어느 날, 황구는 계단을 오르다가 5학년 선배를 만났다. "언니, 안녕!" 황구는 인사했다. 5학년은 어이없는 표정을 지으며 말했다. "너 이제 죽었다." 황구는 화들짝 놀라 물었다. "응?" "아니야~" 5학년은 히죽 웃으며 빠르게 계단을 내려갔다. 그녀는 뒤돌아 황구에게 외쳤다. "아 참, 언니 아니고 선배야." 그리고 또 의미심장한 미소를 지었는데 그건 그녀가 어떤 일이 황구를 기다리고 있는지 알고 있었기 때문이었다.

어느 날, 칠귀는 공연 준비를 명목으로 4, 5학년을 놀이터로 불러냈다. 그런데 공연 준비는 안 하고 4학년을 한 줄로 세웠다. 칠귀는 미끄럼틀에 몸을 기댄 채 그들끼리 이야기를 나누었다. 그러던 중 한 명이 "여기서 할까?"라고 말했다. 그때, 칠귀의 왕은 기묘한 눈빛을 보이며 "그래? 그럼 난 얘~" 하고 황구를 지목했다. 그녀는 다가와 황구의 손목을 잡았다. 황구는 기분이 나쁘지 않았다. 어떤 놀이를 위해 팀을 가를 때, 각 팀의 대표가 가위바위보로 남은 사람을 한 명씩 데려가는 경우가 있지 않은가? 황구는 그런 순간들이 끔찍했다. 황구는 절대로 첫 번째로 호명된 적이 없었고 늘 마지막에 짐짝처럼 남겨진 채 초조하게 떨며 표정 관리를 해야 했기 때문이다. 그런데 먼저 호명된 것이다! 야호!

황구는 눈치가 없어서 기분이 좋을 수 있었다. 그런데 칠귀
사이에서 어떤 결정이 섰는지, 왕은 황구의 손목을 놓았다.
그날은 아무 일도 일어나지 않았다. 어쨌거나 그 뒤에도
그들은 열심히 「당신은 사랑받기 위해 태어난 사람」을
연습했다.

수련회가 다가왔다. 엄마는 황구가 짐 싸는 걸
도와주었다. 황구는 집을 떠나 본 적이 없었기 때문에 엄마는
간식을 싸 주며 황구에게 용기를 불어넣어 주었다. "우리
똥꼬~ 조심히 잘 다녀와." 엄마는 황구를 똥꼬라고 불렀다.
그렇게 똥꼬는 집을 떠났다.

수련회에서도 황구는 「당신은 사랑받기 위해 태어난
사람」을 연습했다. 그날 밤이었다. 숙소에서 누군가
빠져나갔다. 칠귀였다. 그들은 교관을 따돌리고 걸스카우트
단원들이 자고 있는 방을 돌기 시작했다. 12시. 황구가 자던
방에도 칠귀가 그림자처럼 들어왔다. 4학년들은 곤히 잠들어
있었다. 칠귀는 불을 켜지 않고 단원들에게 일어나라고 했다.
우리의 눈치 없는 황구. 그런데 왠지 입은 닥치고 있는 것이
신상에 이로울 것 같았다. 어둠이 눈에 익자 칠귀의 얼굴이
보였다. 창문으로 달빛이 서늘하게 비쳐 그들의 얼굴에
그림자가 졌다. 그들은 4학년에게 말했다. "편하게 앉아.
아빠 다리 해." 그런데 아빠 다리를 하면 안 될 것 같았다.

그때 황구는 두려웠나. 입은 이미 닫치고 있는데 닫칠 입이 더 있었으면 했다. 황구는 지퍼를 닫고 더 닫고 더 닫아 완전히 자루 속에 갇히고 싶었을지도 모른다. 그런데 칠귀는 갑자기 무릎을 꿇었다. 공손하게.

　　5초의 정적. 그들은 4학년에게 말했다. 뺨을 때리고 싶은 선배의 이름을 말하고 뺨을 때리라고. 깜깜한 숙소를 지배하는 엄숙하고 두려운 공기. 맨 오른쪽에 앉은 아이부터 시작해야 했다. 그 친구는 울었다. 못 하겠다고. 일 분은 길었다. "그럼 그다음, 너부터 해." 그 아이도 거의 울었다. 칠귀는 슬슬 짜증을 냈다. "무릎 꿇고 있는 거 안 보이세요?" 칠귀의 왕이 말했다. 당시 '짝 선배' 같은 게 있었는데, 몇몇은 시간을 단축하기 위해 자진해서 기어 와 짝 후배더러 자기를 때리라고 했다. 4학년은 울며 겨자 먹기로 짝 선배의 뺨에 손을 갖다 댔다. 아니, 만졌다, 아니 어루만졌다……. 때린 사람은 아무도 없었다. 선배의 얼굴에 손을 갖다 댔을 뿐. 그리고 황구 차례였다. 때리고 싶지 않았다. 볼에 손을 대고 싶지도 않았다. 어루만지고 싶지도 않았다. 시간을 끌자 왕이 무릎걸음으로 자진해서 황구 앞으로 다가왔다. 한참을 황구 얼굴에 자기 얼굴을 들이밀었다. "아, 씨발, 빨리 하세요." 그녀가 말했다. 얼마나 끌었을까. 황구는 울지 않았다. 눈치가 없어서. 그런데 무서웠다. 누군가 자신을 미워하는 게 온몸으로 느껴져서. 타인의 증오를 감각하는 기관은 눈이나 십이지장, 간 따위가 아니라 온몸이므로. 온몸의 기관이 협력해서 그것을 느낀다. 왕은 나지막하게 욕을 내뱉었다. 황구는 수화를 떠올렸다. 당신은 사랑받기 위해 태어난 사람. 10년 후 황구는 이 노래를 다음과 같이 바꿔 부르는 사람이 된다.

당신은 도망가기 위해 태어난 사람. 당신의 삶 속에서 도망가고 있지요. 태초부터 시작된 하나님의 사랑은 우리의 도망을 통해 열매를 맺고 당신이 이 세상에 존재함으로 인해 우리에게 얼마나 큰 기쁨이 되는지. 당신은 도망가기 위해 태어난 사람. 지금도 그 사랑 받고 있지요. 당신은 도망가기 위해 태어난 사람 지금도 그 사랑 받고 있지요…….

당신은 사랑받기 위해 태어난 사람. 그게 무슨 뜻일까. 정말 인간이 사랑받기 위해 태어난 존재라면, 왜 굳이 그런 이야기를 노래로 만들어 서로를 안심시키려 하는 거지? 황구가 그 순간 수화를 생각했을까? 거짓말이다. 황구는 그냥 그 순간이 끝났으면 했다. 황구는 고개를 들 수 없었고 손이 부르르 떨렸다. 그리고 선배의 볼에 손을 얹었다. "끝! 나 맞았어~" 밤의 왕이 물러났다. 그렇게 4학년들이 선배들의 볼을 만지는 시간이 지났다. 그리고 선배들이 "아, 힘들었네." 하고 말하며 너 나 할 것 없이 무릎을 풀고 편하게 앉았다.

"뭐해? 무릎 꿇어야지."

어둠 속에서 그들 중 하나가 우리를 향해 말했다.

(다음 방에서 계속)

당신은 사랑받기 위해 태어난 사람

2화

지난 이야기: 6학년들은 4학년 숙소에 들어와 자신들의 뺨을 때리라고 명령한다. 4학년이 선배들의 볼을 만지는 시간이 지나자, 선배들은 무릎을 풀고 편하게 앉았다. 백귀…… 아니 칠귀 무서워…….

"뭐 해? 무릎 꿇어야지"

칠귀 중 하나가 우리를 향해 말했다.

황구는 속이 불편했고 명치가 아팠다. 끝이 뭉툭한 쇠기둥이 명치를 짓누르는 것 같았다. 어딘지 익숙했다. 비가 오는 날이면 우산을 접어야 한다. 황구는 두 번 접어야 하는 접이식 우산을 좋아하지 않았다. 우산을 접을 때, 세상을 내 쪽으로 끌어당기는 느낌이 들었기 때문이다. 황구는 손힘이 약했기 때문에 세상을 자기 쪽으로 향하게 하는 게 쉽지 않았다. 우산살을 접은 뒤에는 우산대를 접기 위해 손잡이의 끝을 배나 명치에 대고 자기 쪽으로 세게 눌렀다. 그럴 때면 세상이 칼이 되어 배를 찌르는 기분이 들었다. 황구는 적에게 칼을 맞은 것처럼 '억' 하고 소리를 내기도 했다. '억'은 쓰라린 자기 인식이었다. 어른이 되어서 황구는 접이식 우산 대신 장우산만 들고 다니게 된다.

4학년은 무릎을 꿇었고 칠귀는 편하게 앉았다. 밤의 왕이 앞으로 조금 나왔다. 그녀는 절벽에 올라 세상을 내려다보듯 고개 숙인 아이들을 훑어보았다. 그러더니 고개를 한 번 끄덕이고는 황구를 지목했다. 놀이터에서 황구의 손목을 잡았을 때처럼 말이다. 방은 컴컴했고, 쥐 죽은 듯 조용했다. 황구는 칠귀의 뺨을 때려야 할 때보다 차라리 마음이 편했다. 자신이 맞는 편이 누군가를 때리는 것보다 편했으므로.

'야자'에는 하나의 룰이 있었다. 때리는 이유를 말하는 룰이었다. 이제 곧 황구는 밤의 왕이 자신을 때리려는 이유를 알 수 있을 것이었다. 황구는 자신의 이름이 지목되었을 때, 좀 전에 칠귀들이 했던 것과 같이 무릎걸음으로 기어갔다. 그리고 왕 앞에 무릎을 꿇었다. 고개는 숙이고.

이제 밤의 왕과 황구는 십 분 전과 같이 링 위에 서 있다. 얼굴을 맞대고.

황구는 한껏 고개를 숙였다. 겁먹었기 때문이 아니라 밤의 왕에게 반항할 의도가 없다는 사실, 자신이 이제 그녀의 완벽한 종이 되었다는 사실을 알리기 위해서였다. 그리고 그녀가 자신의 얼굴을 잘 때릴 수 있게 고개를 살짝 들었다. 그 또한 왕의 심기를 거스르지 않기 위해서였다. 그렇게 '눈치'라는 것은 저절로 생겨난다. 어른이 된 황구는 생각하곤 한다. 어른이 되어서도 눈치가 없는 사람들은 눈치가 없어도 공동체에서 내쳐질 위험이 없었기 때문에 눈치를 배울 필요가 없었던 게 아닐까, 하고 말이다. 노상 저자세를 취하거나 웃지 않아도 되었던 인간은 어느 정도 특권적인 위치에 놓여 있었던 건 아닐까. 그녀는 생각했다. 그런데 그런 생각을 하면 황구는 자신도 똑같이 나쁜 사람이 된 것 같았다.

밤의 왕은 황구의 볼을 한 번 쓰다듬었다. 간호사가 주사를 놓기 전에 아프지 말라고 주사 부위를 살짝 문지르는 것처럼. 아프기 전에 밑밥 깔기. 혹은 부드럽게 만지작거리다가 반전으로 충격 주기. 밤의 왕은 황구가 맞아야 하는 이유를 어떻게 표현할지 고민하느라 눈알을 이쪽저쪽으로 돌리더니 고개를 갸우뚱했다. 그러다가 마음에 드는 표현이 떠올랐는지, 망설임 없이 이렇게 말했다.

"깝치지 마."

그게 이유였다. 밤의 왕은 부드러운 손을 거두었다가, 좋은 위치를 찾듯, 황구의 볼 근처에 쫙 펴진 손을 얹었다. 사전 답사를 하러 오는 몽둥이 같달까. 칼로 누군가의 목을 벨 때는 한 번에 베지 않고, 먼저 목에 칼을 갖다 대고 '이쯤이면 좋겠군.' 하고 견적을 본 다음 칼을 휙 들었다가 내치지 않는가. 그렇게 밤의 왕은 황구의 뺨에 살포시 손을 갖다 댄 뒤, 칼처럼 팔을 휙 들어 팔꿈치가 완전히 뒤까지 가도록 젖히고, 반동을 이용해 황구의 얼굴을 한 번에 갈겼다. 뺨을 맞아 본 사람은 알겠지만, 싸대기의 강도는 손바닥 힘이 아니라 팔 힘이 결정한다. 황구는 휘청했다. 물론 황구는 오뚝이라서 즉시 정자세로 돌아왔지만. 안 그러면 약한 척한다는 혐의로 상대방의 심기를 거스를 것 같았기 때문에. 사실 그녀가 정확히 '깝치지 마.'라고 표현했는지 황구는 기억나지 않는다. '나대지 마.'보다는 센 말이었지만 같은 뜻이었다. 나대지 마, 깝치지 마, 네가 존재하고 싶은 대로 존재하지 마, 거슬리니까. 다 같은 뜻이었다. 그런데 뭘 잘못했다는 걸까. 황구는 칠귀에게 말을 건 적도 없고, 만나면 그저 너무 반갑게 인사했을 뿐인데. 아, '너무 반갑게'가 문제였나. '너무 반갑게'가 그들의 심기를 거슬리게 했나. 제대로 된 이유는 알 수 없었다.

황구는 다시 고개를 푹 숙이고, 신하가 물러나듯, 뒤돌지 않고 물러나 자리로 돌아왔다. 황구는 여전히 고개를 숙이고 있었고, 4학년들이 자신을 쳐다보는 시선을 느꼈다. 하지만 어두웠기 때문에 견딜 만했다. 씩씩했기 때문에? 그게 아니라 순식간에 시종이 되었고 정신적 '을'이 되었기 때문이었다. 황구는 자신도 모르게 그들의 결정에 전적으로 복종해 버렸다. 맞을 만하니까 맞은 거야, 하고 생각하며, 원망하는 기색을 절대로 표출하지 않았다. 억울하지도 않았다. 몇 분만에 황구는 완벽하게 정신적으로 개조된 것이다.(이 대목에서 왜 「왕좌의 게임」의 테온 그레이조이가 떠오르는지…….)

눈치챘겠지만 6학년이 4학년으로 하여금 먼저 자신들을 때리게 한 것은, 이후 '야자 사건'이 문제가 될 경우를 대비한 것이었고, 실제로 그들의 바람대로 되었다.(초등학생이 이렇게 똑똑하고 잔인하다.) 밤의 왕은 황구를 때린 뒤 몇 명을 더 때리고 물러났다. 그리고 이제 나머지 칠귀들의 차례였다. 그들은 저마다 자신이 때리고 싶은 사람을 불렀고, 황구를 때리는 것과 같은 방식으로 아이들을 때렸는데, 황구가 반드시 첫 번째로 호명되었다. 다른 아이들을 추가로 때리는 것은 자율이었지만 황구는 필수였다. 황구를 때리는 건 밤의 왕과 뜻을 같이한다는 입장 표명이었기 때문이었다.

황구는 칠귀들이 밤의 왕을 향한 충심을 증명하기 위해
바치는 제물이었으므로. 황구를 때리지 않는 건 밤의 왕과
노선을 달리하겠다는 무언의 선포였을 것이다. 그중 몇은
밤의 왕처럼 황구를 진심으로 싫어했다. 그래서 그들은 별
가책 없이 황구를 때렸다. 황구는 무릎걸음으로 앞으로 갔고
뺨을 맞은 뒤, 뒤돌지 않고 뒤로 물러났다. 하지만 칠귀가
모두 황구를 미워한 건 아니었다. 그들 모두가 황구를 때리긴
했지만, 한두 명은 황구를 때리기 전에 "아니…… 이 조그만
얼굴을 어떻게 때려…….''하고 괴로워했다. 황구가 오히려
그들을 달래야 할 판이었다.

"아이구, 미안해……."

한 명의 칠귀가 황구에게만 들리게 말했다.

"괜찮아요."

황구도 그녀만 들리게 말했다.

맞는 순간 황구는 심지어 작은 연민을 느꼈다. 자신을
때려야 하는 사람에게. 다만 황구는 조금 쉬고 싶었다.
낙인이라는 훈장이 그녀의 가슴에 달리고 있었고, 그
낙인은 그녀가 학교생활을 하는 내내 따라다닐 것이었으며
그녀가 당할 따돌림의 서막이었다. 이제 누구든, 황구와
친하게 지내려면 각오를 해야 할 것이었다. 황구는 자신을
때리는 사람들을 구경했다. 때리면서 미안해했던 사람이

진심이라는 것도 알았다. 황구는 어른이 된 지금도, 압력에 굴복해 원치 않은 선택을 한 자들이 밉지 않았다. 아무런 미움이 없었다.

"아무 상관이 없어."라고 중얼거리는 습관은 그때부터 시작되었는지도 모른다. 어떤 일을 해도 절대로 타인의 심기만은 건드리면 안 된다고, 그러기 위해서는 자신을 드러내면 안 된다고 생각한 것은. 황구가 세상에 상관하지 않고, 사람을 상관하지 않고, 자신의 상처에도 상관하지 않고, 나아가 자기 자신도 상관하지 않게 된 것은.

그렇게 '야자'가 끝나고 모두 곤히 잠들었다. 황구는 그 의식을 제외한 나머지 시간은 기억상실증에 걸린 것처럼 하나도 기억나지 않았다. 잠을 못 잤나? 기억나지 않는다. 기억나는 건 황구가 울지 않았다는 것, 그 뒤로도 거의 울지 않았다는 것, 그리고 그다음 날 수화 공연을 했다는 것, 수화 공연을 하면서 「당신은 사랑받기 위해 태어난 사람」을 손으로 열창했다는 것이다. 웃기게도, 황구는 그때도 무릎을 꿇었다. 모두가 꿇었다. 몇 개의 단으로 된 무대에 줄별로 무릎을 꿇고 수화를 했다. 따뜻한 주황색 조명, 그들은 성가대 같았다. 청중은 숨죽이고 그들의 공연을 관람했다. 칠귀와 아이들은 천사처럼 하얀 옷을 입고 하얀 장갑을 끼고, 당신은 사랑받기 위해 태어난 사람이라고 어둠을 향해 손으로 말했다. 그때 황구는 엄마가 생각났다.

　‘엄마는 내게 식사를 가르칠 때 노래를 불렀어. 이상한 노래였지. 손에 사과가 없는데, 여기 사과가 있단다, 하고 말하며 사과를 먹는 척했어. 볼에 바람을 불어 넣어 입안에 정말 사과가 있는 것 같았지. 여기 비스킷이 있어, 여기 바나나가 있어. 껍질을 까 보자. 그녀는 나에게 그렇게 식사를 가르쳤어. 눈앞에 없는 것이 눈앞에 있는 것처럼 내게 음식을 보여 줬어. 그렇게 하는 게 분명 어떤 효과가 있었지. 멍청한 짓도 어떤 효과가 있어서 하는 거니까 세상에 사실 멍청한 짓이란 건 없을지도 몰라. 아무것도 없는데 있는 척하는 게 뭔가 위로가 되니까 그러는 게 아닐까, 나는 생각했어. 엄마가 보고 싶었어. 그런데 왠지 엄마에게 미안한 기분이 들었지.’

옷 안 입고 하루 살기

내 방은 이렇게 생겼다.

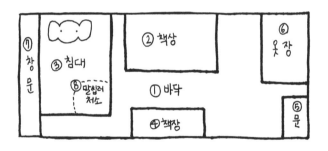

인력거와 카페에서 만나기로 했는데 나갈 수 없었다.
갑자기 옷을 입기가 싫었던 것이다. 침대에 누워 있었는데
문득 누군가 나를 바라보는 것 같았다. 내 방을 둘러봤는데
옷이 나를 바라보고 있다. 책상에 널브러진 검정 바람막이,

의자에 쌓인 어제 입은 옷, 바닥에 누워 계신 청바지와 수면 양말, 옷걸이 하나에 걸려 있는 스웨터와 코트 그리고 롱패딩(서로를 숨 막히게 껴안고 있음). 갑자기 화가 났다. 지금까지 하루도 빠짐없이 옷을 입었던 사실이. 하 루 도 빠 짐 없 이. 그런데 옷은 나에게 무얼 주었나. 1만 시간의 법칙(The 10,000 Hours Rule) 같은 거에 따르면 뭔가가 되기 위해선 매일 세 시간씩 10년을 투자하면 된다던데, 그렇게 따지면 나는 10만 시간은 넘게 옷을 입었으니까 지금쯤 뭐라도 되어 있어야 하는 거 아닌가? 옷은 무조건 불편하거나 무겁다. 나는 여태껏 놈을 군말 없이 참아 줬다.

　약속을 취소하기 위해 나는 인력거에게 전화를 걸었다.

　나: 나 너무 힘들다.

　인력거: 왜? 어디 아파?

　나: 몸이 아파.

　인력거: 왜?!

　나: 살면서 옷을 너무 많이 입었다.

　인력거: 그건 나도 그런데!

　나: 오늘 나가기 힘들 것 같아……

　인력거: 왜?

　나: 옷이……

인력거: 왜? 입고 나올 옷이 없어?

나: 옷을 입기가 싫어.

인력거: 왜?! 아무거나 입고 나와.

나: 아무거나, 라는 옷은 없어…… 옷은 다 악당이야.

인력거: 음…… 옷 입기 싫으면…… 목욕탕에서
만날까……?

그렇게 나는 하루 동안 실오라기 하나 걸치지 않고 내
방에서 시를 썼다. 단 I그램의 무게도 내게 허락하고 싶지
않았다.(갑자기 머리카락도 옷의 일종으로 느껴져서 싹둑 잘라
버리거나 바리깡으로 밀고 싶었다.) 나는 몸뚱어리 하나의
무게만 책임지며 몇 가지 업무를 처리하고 시를 썼다. 현재
내가 하고 있는 작업은 고민을 끌어내는 일이다. 오랜만에
시를 쓰려니 시에 관한 고민 자체가 없다. 그래서 3년 전에
쓰던 일기장(시에 관한 문보영의 고민이 적힌)을 꺼내 과거에
내가 하던 고민을 베꼈다. 그러다 보면 더 좋은 고민을 하게
될 것이고, 거기서 시작하면 될 것이다. 근래의 나의 시는
각질 제거기로 발꿈치를 박박 긁어 푸석한 각질이 일어난
상태와 같다. 각질을 제거하려고 일단 각질을 일어나게
했는데, 각질을 없애는 방법은 모른다. 그러니까 지금
나의 발꿈치, 아니, 나의 시는 이전보다 I.8배 지저분하다.

어딘가를 넘어가는 과도기는 이처럼 과도기에 들어서기
전보다 망한 외모를 하고 있다. 각질을 불린 후 일으켜 세운
상태처럼. 나는 이 구간을 '망함의 신비 구간'이라고 부른다.
예전에 친구가 "너 요즘 춤이 왜 이 모양이냐."라고 물은 적이
있다. 나는 "아, 지금 망하는 구간이거든. 망함을 단축하기
위해 최대한 빨리 망하는 중이야."라고 대답했었다.

망함 구간 이론

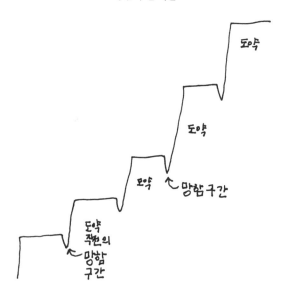

설명: 도약 직전에 발 빠짐 모양의 망함 구간이 존재함

망함의 효과는 직빵이다……. 다만 망함 구간이 종료될
때까지 눈 감고 귀 닫고 존버하는 것으로는 부족하고,
실질적으로 망해야 하고, 열렬히 망해야 하며, 정말 망했다고
깜빡 속아 넘어가야 한다. 그래야 망함의 효과가 나타난다.
그러니까 요즘 나는 정말 내가 좀 망한 것 같다는 불안에
휩싸여 있는데 이게 순수한 망함인지, 도약의 전조로서의
망함인지 모르겠다. 다만 후자를 믿어 보려고 애쓸 뿐이다.

　　나체로 시를 쓰니 새벽 1시다. 시원한 공기를 마시고 싶다.
나는 방바닥에 널브러진 옷가지를 집어 입고 창문을 열었다.
열 시간 동안 옷을 벗고 생활해 보니 충전된 기분이다.
나체인 상태가 평소보다 체력이 덜 소모되는 것으로 보아,
옷을 입고 있는 것만으로 에너지가 많이 닳나 보다.

　　대충 옷을 입고 자전거와 함께 인근 내천으로 향했는데
밤이라 어두컴컴했다. 먼 곳에서 직사각형의 빛이 보였다.
터널이었다. 터널인데 밝아서 더 무서웠다. 빨리 지나가려고
페달을 세게 밟았는데 도중에 뭔가를 보고 자전거를 세웠다.
터널 벽에 다양한 종류의 발차기 자국이 나 있었던 것이다.

1번 발차기

2번 발차기

3번 발차기

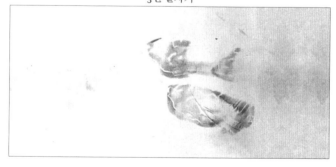

3번 발차기가 가능하려면(두 발이 동시에 찍히려면) 팔은 날개여야 함. 다음과 같이.

나는 오밤중에 발차기 전시관을 구경하며 자전거를 몰았다. 남의 발차기를 구경하라고 터널을 밝혀 둔 건가? 터널은 캄캄해서 무서운데, 이때 타인의 발차기는 용기와 영감을 준다. 종일 발가벗고 방에서 시를 쓰다가 새벽에 자전거를 타러 나와 깊은 터널을 만난 나 같은 인간을 위해서 말이다. 누군가의 신발 밑창 자국을 나침반 삼아 따라가라고.

터널에서 나왔는데 어디선가 오리 소리가 났다. 내천을

바라보았다. 오리는 없었다. 그런데 마치 오리가 자전거를
타고 휭, 하고 사라지는 것처럼 소리는 아주 빠른 속도로
멀어졌다. 맹꽁이인가? 그러다 위를 보았는데, 커다란
새들이 저멀리 날아가고 있었다. 오리가 아니라 새들의
울음소리였던 것이다. 그리고 그곳에서 나는 그들이
떨어뜨린 깃털을 발견했다. 그런데 깃털이 아니었다.
옷이었다.

놈들도 나처럼 옷 입는 게 싫어서, 날다가 옷을 벗은
것이다.

〈증거 자료〉
사진 명: 새가 입다 버린 옷

진짜 문제

　노트북을 잃어버리는 꿈을 꾸었다. 자전거를 타고 어디론
가 가고 있었는데, 공원 입구에서 아주머니들이 돗자리를 깔
고 담소를 나누고 있었다. 나는 그들을 지나쳐 횡단보도를 건
넜다. 그런데 뭔가 이상해서 뒤를 돌아보니 가방이 휑했다.
자전거 뒤에 올려놓고 당김 바로 고정해 놓은 책가방이 열려
서 안에 들어 있던 노트북이 빠져 버린 것이다. 노트북 백업
을 안 해 두었기 때문에 조급해진 나는 방금 건너온 건널목을
황급히 다시 건너갔다. 좀 전에 지나친 아주머니들이 눈에 들
어왔다. 나는 거의 우는 얼굴로 아주머니들에게 다가가 혹시
하얀 노트북을 보셨냐고 애타게 물었다. 그러자 그들 중 한
명(그들은 모두 온화한 미소를 짓고 있었음)이 내가 돌아올
줄 알았다는 얼굴로 "안 그래도 우리가 챙겨 놨지이~"하고

말했다. 그러더니 그녀는 벽에 기대어 놓은 골프채 가방 앞주머니에서 뭔가를 꺼냈는데, 그것은 만두가 담긴 스티로폼 박스였다. "오, 아니아니아니요." 내가 말했다. 그러자 아주머니는 다시 미소 지었고, 그 미소를 다른 아주머니들의 미소가 빙 두르고 있었다. 마치 프러포즈하는 사람이 반지 케이스를 열어 상대방에게 보여 주듯, 아주머니는 만두 케이스를 열어 내게 은은히 빛나는 만두 여섯 알을 보여 주었다. 주먹 반 개 크기의 따뜻한 찐만두로, 속이 다 비칠 만큼 피가 얇았고 속이 꽉 찬 만두였다. 머리에서 열나는 여섯 개의 만두. 아주머니가 내 손에 만두를 건네주었다. "오, 아니아니아니요……" 나는 정중히 사양했다. 하지만 아주머니들은 이미 자신들의 선행을 뿌듯해하고 있었다. 그래서 나는 분위기를 망치지 않기 위해 만두를 받았다.

문제는 그게 진짜 내 노트북이었다는 점이다.

그렇다면…… 그러니까…… 만두가 진짜 내 노트북이라면 난 이제 어떻게 하지?

오, 아니아니아니아니아니!

나는 팍, 하고 꿈에서 깼다. 그래야 했다…….

2부

시인기記 I
— 낙엽 인간과의 만남

내가 처음 시를 쓰게 된 건 어떤 만남 때문이었다. 대학 시절 우연히 시인의 수업을 듣게 되었다. 낙엽같이 생긴 모자를 얹고, 낙엽 같은 옷을 입은 작은 사람이 강의실로 들어왔다. 사람이 들어온 건지, 바람이 불어 낙엽이 들어온 건지 싶었다. 그는 우리더러 한 학기 동안 두 편의 소설을 쓰면 된다고 말했다. 그리고 발표 순서를 정하고 다시 낙엽처럼 (바람에 쏠려?) 나갔다. 당시에는 아무도 그가 시인인 줄 몰랐다.

'소설을 어떻게 쓰는 거지? 다음 시간에 뭔가 알려 주시지 않을까?'

그런데 발표 순서가 첫 번째였다. 국문과나 문창과 학생이 아니었기 때문에 나는 합평이라는 것에 생소했다. 그건 다른 학생들도 마찬가지였다. 아무튼 무작정 소설을 써 갔다. 낙엽 인간은 소설을 한 줄 한 줄 읽고 코멘트를 해 주었다. 그런데 낙엽 인간이 내뱉은 말이 정확하고 재미있었다. '문학인데 어떻게 정확할 수 있지?' 나는 기이한 인상을 받았다. 첫 번째 소설에 대한 코멘트를 받았을 때 내가 배운 것은 '뭔가를 안 해도 된다'는 사실이었다. '안 쓰고 싶은 말은 안 써도 된다'는 사실. 두 번째 소설을 쓸 때는 안 쓰고 싶은 문장은 다 지우고 쓰고 싶은 말만 썼다.

　나는 어렸을 때 책과는 거리가 멀었다. 나와 달리 오빠는 책을 좋아했다. 오빠는 엄마가 벽에 붙여 놓은 한글 자모 포스터를 보며 스스로 한글을 익혔다. 그래서 엄마는 나도 그럴 줄 알고 똑같은 포스터를 붙여 놓았는데, 나는 자모 옆에 그려진 그림만 뚫어져라 봤다고 한다. 문자를 제외한 것에만 관심이 있었던 것이다. 그래서 또래보다 한글을 늦게 깨우쳐 고생을 했다. 반면 나는 무언가를 상상하는 습관이 있었다. 유치원에서는 일괄적으로 빨간 도시락을 나눠 주었는데 나는 그 안에 담긴 밥 모양을 보며 상상을 했다. 반찬은 유치원에서 주기 때문에 빨간 도시락에는 밥만 담아 오면 되었다. 나는 밥을 먹기 전에 늘 도시락을 흔들었다. 그렇게 하고 뚜껑을 열면 밥이 어떤 형상이 되었기 때문이었다. 구름 위의 용, 냉장고 위에 서 있는 토끼, 컵, 모자를 쓴 여자, 식탁, 텔레토비의 뚜비 등. 그러나 흔들지 않으면 무조건 그냥 밥이었다. 그러니 재미있으려면 흔들어야 했다. 내게는 상상의 친구 대신(상상의 친구는 커서 생겼다.) 상상의 도시락이 있었던 것이다.

중학생이 되었을 때, 나는 그 도시락을 부엌 선반에서 우연히 발견했다. 그래서 반가운 마음에 밥을 넣고 흔들었지만 밥은 어떤 형상도 그려내지 않았다. 나는 더 이상 무언가를 보지 않게 된 것이다, 라고 마무리하면 성찰적이고 유의미한 이야기가 될 수 있을 텐데, 사실은 여전히 도시락밥에서 어떤 형상이 보인다. 나는 그것을 보고야 만다.

좌우간, 낙엽 선생님의 수업을 듣고 소설에 흥미가 생겼던 나는 그해 겨울방학을 도서관에서 지냈다. 그런데 한 줄도 쓰지 못했다. 그래서 다음 학기 그러니까 대학교 3학년이 되던 해, 낙엽 선생님에게 이메일 한 통을 보냈다. 답장이 왔다. 그는 자신은 시인이라서 소설은 안 가르친다는 것이었다.(학교에서는 소설 수업을 해 놓고⋯⋯) 대신 종각에서 어르신들을 대상으로 시 수업을 한다고 했다. 그래서 끼워 달라고 부탁드렸더니 내 또래는 한 명도 없다며 단칼에 거절하셨고, 단칼의 거절을 내가 또 다른 단칼로 거절했으므로 나는 어른들의 시 창작 수업에 합류하게 되었다.

나는 들뜬 마음을 품고 종각으로 향했다. 아직도 시 수업 첫날이 생생하다. 문을 열자 열 명 남짓 되는 어른들이 종이에 뭔가를 끄적이고 있었다. 다닥다닥 붙어 앉아 시 공부를 하고 있었던 것이다. 우리 부모님뻘 되는 분도 계셨고, 조부모님뻘 되는 분도 계셨다. 그들은 나를 크게 반겨 주셨다. 그리고 내가 합류함으로써 이른바 삼 대가 형성되었다. 언주 이모, 문경 이모, 윤희 이모, 경나 이모, 상신 이모, 봉익 삼촌, 희숙 할머니, 윤우 할아버지 등. 나는 그들의 이야기를 먹고 자랐으며, 그들은 내가 가져 보지 못한 나의 대가족이 된다.

첫날, 낙엽 선생님은 내게 시를 한 편 가져오라고 했다. 그는 그 시를 읽고 연필을 탁, 하고 내려놓았다. 그리고 이렇게 말했다. "지금껏 머릿속에 있었던 시는 세탁기에 넣고 세제를 푼 다음 깨끗이 빨아 오세요." 일명 빨래 숙제였다. 그러더니 작고 낡은 가방에서 책 한 권을 꺼내 내게 던져 주었다. '문예지'란 것이었다. 작가들이 작품을 발표하는 잡지였다.

그날 수업을 마치고 함께 식사를 하러 갔다. 술을 못 마신다는 말을 제대로 하지 못해서, 주시는 대로 술을 받아 마시느라 곤욕을 치렀다. 술자리에서 몇 번이나 화장실을 들락거렸고, 덕분에 그 이후로는 한 번도 술을 안 마셨다.

시 수업 첫날, 만취한 채 지하철을 타고 귀가하던 풍경이
생생하다. 청명한 밤하늘 아래서 문예지 잡고 각혈한
기억이……. 지하철을 타자 속이 울렁거려서 정거장마다
내려서 화장실로 뛰어가 토하고, 다시 지하철을 탔다. 다음
지하철을 기다리며 (토 묻은) 문예지를 펴 봤는데, 술기운
때문인지 글씨들이 춤을 췄다. '완전 힙한데?!' 무슨 말인지
모르겠는데 왠지 영롱해 보이는 것은 참이슬 때문인가. 나는
토 묻은 문예지를 티슈로 깨끗하게 닦아 집에 가져왔다.
그리고 자기 전에 다시 읽었는데 가슴이 콩닥거렸다.
알아들을 수 없는, 이해할 수 없는, 하지만 자유롭고 이상한
말을 쏟아 내는 천일야화적인 책이었다. 한국어인데 외국어
같았다. 나는 이 외국어를 배운 적이 없는데 왠지 알아들을
수 있었다. 아니, 이해되기 전에 간파되었다. 이해는 나중에
오는 문장도 있었던 것이다. 다음 날 아침, 숙취가 가신
뒤에도 그 문장들은 여전히 엉뚱하고 괴팍하고 이해할 수
없음에도 아름다웠고 또한 슬펐다. 그 언어들은 내 마음
어딘가 자리하던, 이름 붙여지지 않던 감정과 슬픔을
정확하게 묘사하고 있었다.

  나는 일주일간 문예지를 탐독했다. 사물을 관찰하고
그것을 언어로 표현하려고 했다. 사전을 뒤져 새로운 단어를
찾기도 하고, 익숙한 단어를 다시 공부했다. 그리고 산문으로

된 짧은 시를 하루에 한 줄씩 써서 완성해 가져갔다. 진심은 마음속에 있고, 언어를 통해 끄집어내는 거라고 믿었는데 일단 너저분하게 이런저런 말들을 늘어놓은 다음에 거기서 진심을 찾는 게 시 같았다. 나는 아무 말이나 뱉어 냈다. 나도 모르는 말들을 미친 듯이 쏟아냈는데 뱉고 나니, 거기 내가 하고 싶은 말이 있었다. 그래서 진심은 너저분한 거구나 싶었다. 그리고 시를 가져갔다. 선생님이 시를 읽다가 또 펜을 탁, 하고 놓았다. 그가 말했다. "시가 180도 바뀌었네?" 그러더니 낙엽 선생님은 물었다.

"이 문장은 무슨 의미지?"

나는 대답했다.

"음…… 사실…… 저도 잘 모르겠어요."

"잘했다. 네가 쓰고 네가 알아야 할 때가 있고, 네가 쓰고도 네가 몰라야 성공할 때도 있다."

그렇게 나는 시의 세계에 빠져들기 시작했다. 만일, 낙엽 선생님이 소설가였다면 나는 소설가가 되었을지도 모를 일이다. 낙엽 선생님을 만나기 전에 내게 문학은 그저 막연한 무엇이었다. 그를 만난 이후 일주일에 한두 편씩 시를 가져갔다. 공책을 펴고 커다란 공백을 바라보았다. 막연했던 문학이 이제는 구체적으로 막연해진 것이다. 소중한 발전이었다.

시인기記 2

—三代의 시 수업

낙엽 인간은 무림의 고수로 「쿵푸 팬더」에 나오는 시푸 사부였고 나는 쿵푸 팬더였다. 쓰고 혼나고, 쓰고 혼나고, 다시 쓰고 까이고, 무술 부리고, 선생님의 목검에 맞서다 쓰러지고 바닥에 떨어진 목검을 주워서 선생님의 등을 공략하고, 그러나 시푸 사부는 뒤도 돌아보지 않은 채 나를 넘어뜨린다. 나는 앎과 모름 사이의 경계에서 희미한 모름과 한 줌의 이해를 주워다 시를 썼다.

어른들과 함께 한 시 수업에서 낙엽 선생님이 했던 이야기가 떠오른다.

(수강생의 시에 이런 문장이 있었다.)

"삼만 원짜리 부조객도 뒤 비우는 족속인데"

낙엽 인간: 왜 똥을 쌌다고 하지 않고 '뒤 비운다'라고 말씀하시나요. 똥, 싫어하지 마세요. 음성적으로도 선명하고 이미지도 명확해요. 이미 그 자체로 구체적인, 몇 안 되는 단어입니다. 오줌도 그래요. 소변보다 박진감이 있어요.

(수강생의 시에 이런 문장이 있었다.)

"오랜 연인의 애정 같지"

낙엽 인간: '오랜 연인의 애정'이라는 표현은 좀 이상한 것 같아요.

수강생: ?

낙엽 인간: '오래된'으로 바꾸면 좀 낫네요.

수강생: ?

낙엽 인간: 그래도 이상해. '오랜 연인의 애정'이라는 것은…… 무슨 말이냐면, 오래된 연인의 애정은 이상하고요, 오래된 연인의, 안 감은 떡 진 머리는 안 이상해요.

수강생: ?

(낙엽 선생님이 내가 쓴 시의 한 문장을 두 번 조용히 읽는다.
낙엽 선생님이 어떤 문장을 두 번 읽는다는 것의 뜻은 그 문장을
재고려해 보겠다는 뜻이고, 하지만 별로라는 뜻이다. 나는 시에서
'사랑'이라는 단어를 썼다.)

낙엽 인간: 사랑 말고 다른 말이 뭐 있지?

나: 좋아하다?

낙엽 인간: 또?

나: 사모하다?

낙엽 인간: 또?

나: 으음…….

낙엽 인간: 흠모하다, 사모하다, 수십 가지로 생각하다, 그
사람이 냉장고 문에 들러붙어 있다, 그 사람이 커피를 마시고
있다, 책상에 연필 똥이 있다, 그 사람이 아프다, 트럭이
지나간다.

나: 으음…….

낙엽 인간: 사랑한다는 말에서 냉장고를, 트럭을 떠올리는
연습을 해 봐. 장미에서 맷돌을 끄집어낼 줄 알아야 해. 그게

용기고 시의 유희니까. 네가 쓴 표현을 봐. "세상에 발을 디디고" 이건 재미와 거리가 멀잖아. 세상이 아니라 맨홀 뚜껑이나 지하철 주황 안전선이나 보도블록에 발을 디디고 있어야 시의 유희가 살아날 수 있어. 그래야 재밌지.

나: 재미라…….

낙엽 사부의 수업은 이 두 말로 이루어진다 해도 과언이 아니다.

"이 표현은 굉장히 재미있는 표현이지~" 그리고 "이 표현은 굉장히 재미없는 표현이지~"

(이유는 절대 설명 안 해 주는 게 특징이다.)

낙엽 선생님이 재밌다고 언급한 문장들은 슬픈 문장이기도 했다. 그래서 어느 순간부터인가 나는 재미와 슬픔이 겹쳐 있는 무엇이라고 생각했다. 그리고 좋아하는 책을 소개할 때 "이 책 굉장히 재밌어요."라고 말하곤 했다. 어느 날, 지인과 소설 얘기를 하다가 "그 소설 엄청 재미있는데."라고 말했더니 그가 "그 소설은 재미있는 소설이 아니라 깊이 있고 슬픈 소설이야."라고 말했다. 순간 아연해져서 "제 말이 그 말이에요."라고 말할 타이밍을 놓치고 말았다.

그래서 나는 낙엽 선생님이 "이 표현은 굉장히

재미있는 표현이지."라고 말하면 "이 표현은 굉장히 슬픈
표현이지."라고 받아 적고 "이 표현은 굉장히 재미없는
표현이지~ 굉장히."라고 말하면 "이 표현은 굉장히 안 슬픈
표현이지~ 굉장히."라고 적었다. 아차차, 재미있다는 말은
슬프다는 말이었지, 하면서.

어느 날은 시를 잘 읽었지만, 또 어느 날은 시를 한 줄도
이해할 수 없었다. "어떻게 하면 시를 잘 읽을 수 있어요?"
나는 물었다. 그러자 낙엽 선생님이 병아리 감별사 이야기를
들려주었다.

"보영아, 병아리 감별사를 어떻게 기르는지 알아?
감별사가 신참을 가르칠 때 말이야. 사람은 병아리들을
육안으로 암컷과 수컷을 구별할 수 없대. 그런데 병아리
감별사들은 일 초도 안 걸려서 암컷과 수컷을 구별하거든?
그럼 그들에게서 암컷과 수컷을 구별하는 방법을 어떻게
배울까? 그냥 그 옆에서 계속 보고만 있으면, 미친 듯이
보고만 있으면 어느새 저절로 암컷과 수컷을 구별하게 돼."

나는 선생님이 너무 좋아서, 수업 내용을 「낙엽 시인의
수업」 노트에 몽땅 기록했다. 소크라테스의 말을 모두
기록한 플라톤처럼. 공책에 여러 편의 시를 갈겨쓴 다음,
종각으로 가는 지하철에서는 시를 퇴고하고, 오는 길에는 내
시를 오십 번씩 읽었다.

수업을 마치면 벽담 집이나 종로의 포장마차에 갔다.
선생님과 이모, 삼촌 들은 소주를 마시고 나는 사이다를
마시며 시 얘기와 삶 이야기를 했다. 어른들은 나를 보며
자신의 과거를 떠올리곤 했다. 그들은 모두 나만 할 때 시에
푹 빠졌던 문청이었다. 그런데 결혼을 하고, 일을 하고,
사고를 당하고, 아이를 낳고, 여러 가지 삶의 변화로 인해
시를 쓸 수 없게 되었고, 먼 훗날 시로 돌아온 것이었다. 그들
중 한 명이 말했다.

"시를 한번 좋아하면, 빠져나갈 수 없어. 늦게라도 반드시
돌아오게 돼. 한번 삔 발목은 꼭 다시 삐게 되잖아? 그게
시잖아, 보영아. 너는 쭉 써."

걷는 걸 좋아하는 나와 희숙 할머니는 뒤풀이가 끝나면
꼭 종각에서 청계천을 따라 한 정거장을 더 가서 지하철을
탔다. 희숙 할머니의 목소리를 들으면 아무도 그녀의 나이를
짐작하지 못하리라. 나는 그녀의 쾌활한 목소리를 사랑했다.
희숙 할머니는 여행을 좋아해서 자주 시 수업을 빠졌지만,
여행을 다녀오면 근사한 시를 썼다. 행복한 것들에 대해서도
시를 쓸 수 있구나. 나는 그녀에게서 행복한 시를 배웠다.
하지만 어머니에 관한 그녀의 시들은 가슴이 멍들도록
아프고 아름다웠다. 청계천에 가면 희숙 할머니와 걸어서
집에 가던 시간이 꼭 떠오른다.

이모와 삼촌들, 이미 오십에 접어든, 칠십에 접어든 그들은 선생님에게 매주 혼나며 시를 쓰고, 울고 웃으며 연필을 쥐었다. 그들에게 시는 스스로에게 준 두 번째 기회였다.

낙엽 선생님은 내게도, 이모에게도, 삼촌에게도, 할머니에게도, 할아버지에게도 똑같이 대했다. 시에 관해서라면 낙엽 선생님은 빈말을 하지 않았다. 그래서 수업을 빠지다가 점점 나오지 않는 분도 계셨다. 어떤 계절에는 남아 있는 수강생이 나와 언주 이모뿐이었다. 낙엽 선생님은 우리 둘만 데리고 수업을 했다.(심지어 나는 수강료도 내지 않는데!) 언주 이모와 나는 시밖에 모르는 시 바보들이었고 시를 배울 수 있다면 어디든 갔다. 추운 겨울날이었다. 사계절을 붙어 살았는데 왜 모든 계절이 겨울이었던 것 같을까? 나는 시가, 시 수업이, 낙엽 선생님이, 언주 이모가 너무너무 좋았다.

어른들은 도망가기를 밥 먹듯 했지만 다시 시를 쓰러 나왔다. 시 안 쓰겠다고 몇 번이나 다짐해 놓고. 문경 이모가 들려준 이야기가 떠오른다. 갓 스무 살이 되었을 때, 그녀는 아주 추운 겨울날 시골에 내려가 처음 보는 아주머니 집에 들어가 안아 달라고 했단다. 한겨울, 낯선 아주머니 품에 안겨 아기처럼 울면서 잤다고. 문경 이모가

들려준 이야기들은 늘 벼랑 같았다. 벼랑 하니 한 삼촌이
했던 말이 기억난다. "벼랑과 절벽은 뭐가 다르지?" 꼬막
앞에서 언주 이모가 물었다. "절벽은 떨어지는 곳, 벼랑은
서는 곳이죠~" 삼촌이 말했다. 종각에서였다. 밤이면
클럽이 문을 열고, 젊은이들이 전단지를 나눠 주는 뒷골목.
휘황찬란하며 쓸쓸한 동네. 퇴근 후 모여 시를 쓰는 아주머니
아저씨들. 그들의 후줄근한 뒷모습과 뻔쩍거리는 네온
사인은 부조화를 일으켰다. 나는 가끔 미안한 감정을 느꼈다.
왜였을까. 영어에서는 누군가에게 안 좋은 일이 일어나면
I'm sorry라고 말한다. 미안해. 내 잘못이 아니어도
미안하다고 말한다. 미안해. 미안해. 나는 알 수 없는 미안한
감정을 느끼곤 했다. 언제부터인가 나는 뒤풀이에 참석하는
대신 종각에 있는 횟집으로 출근했다. 그곳에서 오징어를
잡고, 서빙을 하고, 테이블을 닦았다. 걸레질을 하며 그날
들은 수업을 복기했다. 좋은 일이 생기면 선생님이 노래방을
쏜다고 하셨는데 좋은 일은 꾸준하게도 일어나지 않았고,
그렇게 계절이 바뀌고 또 바뀌었다.

시인기記 3
─ 동아리를 사랑해

三代의 시 수업에 내 또래는 한 명도 없었다. 그곳에서
나는 충분한 사랑을 받았지만 한편으로 외로웠다. 나는 늘 시
쓰는 친구를 갈망했다.

그러던 어느 날 대학 신문 공모에 당선되어 내 시가
신문에 실리게 되었다. 그걸 본 문학회의 어떤 친구가 나를
문학회에 초대했다. 그렇게 나는 학교 동아리에 들어가게
되었다. 그곳에는 시를 좋아하는 또래들이 있었다. 그동안
내가 드문드문 알게 된 시집들을 그 친구들은 다 꿰고
있었다. 그들은 서로를 웃길 때도 시의 한 구절을 절묘하게
끼워 넣어 서로를 웃겼는데, 하나도 촌스럽지 않았다.
'여기가…… 육지구나!' 나는 속으로 외쳤다. 오랫동안
산에서 살다가 도시로 처음 내려온 기분이었달까. '시를

좋아하는 젊은이들이 있다니, 쩔어!'

문학회에는 매주 시 세미나가 있었다. 하루는 어떤 시를 읽다가 친구들이 같은 구절에서 빵 터졌다. '왜 웃는 거지……' 나는 동태를 살피며 너무 늦지 않게 "하하하." 하고 따라 웃었다. 뭘 모르는 사람으로 보이지 않기 위해서, 그리고 무리에 끼기 위해서 그랬다. 그 뒤로 나는 친구들을 잘 관찰했다가 그들이 웃을 때 동시에 웃는 연습을 했다. 나는 친구들의 '하하하. 웃겨.'를 따라잡기 위해 노력했다. 요컨대, 나는 친구들의 웃음을 카피한 것이다. 그런데 이 짓을 스무 번, 서른 번 하니 어느 순간 그 구절이 진심으로 웃겼고(=읽혔고), 나중에는 친구들이 웃을 때 나도 웃게 되었다. 그러니 시를 이해하기 위한 가장 강력한 준비물은 '시를 잘 읽는 친구들'인지도 모른다. 나는 낙엽 선생님이 말했던 병아리 감별사 이야기를 떠올렸다. "어떤 것을 너무 사랑하는 사람 옆에 붙어 있으면 이해하게 돼, 저절로."

어떤 희한한 날을 기억한다. 크리스마스였다. 우리는 한껏 취한 채 동아리방에 모여 문학 얘기를 했다. 무슨 말을 해도 친구들이 하면 너무 웃겼다. 열 명 정도 모였을 때일까. 우리는 갈 곳이 없었고 할 것도 없었다. "우리 강원도로 놀러 갈까?" 우리 중 하나가 물었다. "언제?" "지금 당장!"(새벽 1시였다.) 일 초간 정적. 그리고 우리는 그 제안이 엄청나게

멋진 아이디어라는 사실에 동의했다. '우리는 젊다!' 뭐
이딴 분위기가 형성되면서 우리는 강원도 즉석 여행을
떠나기로 결정했다. 그때, 우리 중 가장 조용한 친구가 입을
열었다. "그런데, 절대로 집에 가서 짐을 챙겨서 나오면 안
돼. 그냥 지금 동아리방에서 나가서 바로 가야 해." 일리
있는 말이었다. 그래서 우리는 호기롭게 동아리방을 나갔다.
한 명은 강원도에서 기타를 쳐야 한다며 동아리방에 있는
기타를 챙겨 나왔다. 눈이 내리고 있었다. 아무도 없는
황량한 새벽 중앙 광장. 우리는 학교 정문까지 걸어갔다.
그때, 우리 중 한 명이 말했다. "그런데 어떻게 가지?"
"걸어서 가면 돼." 누가 말했다. "미쳤냐. 택시 타고 가야지."
더 취한 놈이 말했다. 우리는 모두 취해 있었고,(술을 안
마시는 나는 엄청나게 들뜨면 취한 상태가 된다.) 안암역에서
강원도까지 걸어가는 게 신나는 모험 같았다. 그때, 다른
한 명이 말했다. "난 팬티만 챙겨 나올게. 오늘 팬티를 안
갈아입었거든." 그러자 한 명이 말했다. "난 가서 읽을 책
한 권 가져올게." 또 한 명이 말했다. "난 편한 신발로 갈아
신고 나올게." 그리고 모두 같은 말을 덧붙였다. "꼭 나올게."
그렇게 우리는 각자 여행에 필요한 물건을 챙기러 자신의
방으로 돌아갔다. 그리고 당연히, 아무도 나오지 않았다.

그 시절 나는 정말 시를 사랑했던 것 같다. 친구들을 사랑했고, 친구들에게 잘 보이고 싶었고, 친구들을 미워도 했다. 나는 이따금, 시가 쓸모가 없다고 말하곤 한다. 그런데 시가 나에게 너무 큰 것이어서 시를 진정시키기 위해 그렇게 말할 때가 많다. 시가 내 삶을 자꾸 잡아먹으려고 했기 때문에. 하지만 정말 힘들었던 순간에 나는 게걸스럽게 시를 읽었고 시에 매달렸다. 시를 읽고 쓰는 순간에만 숨을 쉬고 슬픔을 잊을 수 있었다. 시를 읽는 순간에만 슬픔을 강렬하고 시원하게 느낌으로써 슬픔을 소화했다. 그게 무엇이건 간에, 어떤 것에서 큰 도움을 받고 나면 그것은 큰 안목을 준다. 시에서 큰 도움을 받은 이후에는 더 많은 시를 읽을 수 있게 되었고, 그런 시간을 한번 통과하자 아플 때만 시를 찾는 사람이 아니라 무탈할 때도 시를 읽는 사람이 되었다. 시를 내 삶에 심어 버린 것이다.

지금 돌이켜 보면 가끔 쑥스럽다. 시가 세상의 전부라고 믿던 시절이. 이제는 누군가 내게 목숨 걸고 시를 쓰라고 하거나, 시에 인생을 바치라고 하면 그러고 싶지 않다고 말한다. 뭔가를 열심히 해야 한다는 말은 얼마나 촌스러운 말이 되어 버렸는가. 하지만 이 모든 이야기가, 인연이, 그리고 사랑하는 게 시밖에 없던 시간들은 아직도 내 마음 깊은 곳에 보물처럼 자리하고 있다. 그리고 그 시절 내가 촌스럽지 않았다는 것도 안다.

그런데 이런 인연이 없었다면, 문창과나 국문과 학생이 아니었던 내가 시를 접할 기회가 있었을까? 이런 만남을 생각하면, 시라는 장르가 접근성이 참 낮다는 생각이 든다. 주변에 시를 읽는 딱 한 사람만 있어도, 그 사람의 손을 잡고 따라가면『해리 포터』의 다이애건 앨리처럼 사람들이 북적거리는 시 세상이 펼쳐진다. 하지만 그런 기회가 없으면 평생 그 세계를 모르고 살 수도 있다. 낙엽 인간을, 문학회 친구들을 만나지 않았다면 나는 과연 시인이 되었을까?

좋은 시가 뭔데요?

어느 날 한 친구가 문학회에 전기전자공학과 친구를 데려왔다. 문학회 시 세미나를 구경 온 것이었다. 그는 인문학에 관심 많은 이과생으로, 네이비 라운드 넥 카디건에 목 폴라를 받쳐 입고 있었다. 참석원이 돌아가며 시집에 대한 짧은 감상을 말하고 본격적으로 세미나를 시작했다. 그때, 그가 "시집은 처음 읽어서요……"라고 말했고, 우리는 잘 왔다며 그를 환영했다. 그리고 발제문을 읽고 토론을 시작했다.

그날 문학회의 다른 친구는 부러진 안경을 쓰고 있었다. 안경테가 부서졌는데, 수리하는 대신 마스킹 테이프로 둘둘 말았던 것이다. 몸을 세게 숙이거나 기침을 하면 오른쪽 안경알이 튀어 나가 사람들을 당황하게 만들었다.

어느 순간부터인가 나는 그 친구가 기침을 하거나 춤을
춰서 안경알이 허공을 향해 날고 바닥에서 한두 바퀴를
돌다가 안전하게 착지하는 모습을 보고 싶었다. 그건 안경
발사자와 모두가 은밀히 바라는 바이기도 했다. 빈둥대느라
문학회 잡지에 실을 글을 제때 내지 않았거나 발제문을
소홀히 준비해서 친구들에게 질책을 받을 때 그 친구는
뜬금없는 기침을 했고, 운 좋으면 안경알이 허공으로 휙,
하고 날았다가 바닥으로 착지했다. 그 광경을 처음 볼 때는
안쓰럽고 당황스럽지만 두 번째부터는 배꼽 잡고 웃지
않을 수 없었다. 세 번째부터는 더 웃겼다. 반복의 효과는
대단했다. 어쨌든, 안경 발사자는 갈등을 모면하기 위해 혹은
험악한 분위기를 잠재우기 위해, 혹은 관심이 부족하다고
느낄 때 기침으로 안경알을 허공에 쐈다.

　　우리는 발제문을 읽었다. 발제 시집은 정말 좋았다.
그러나 우리는 좋은 시집에 대해 말하는 것에 서툴렀다.
좋은 시가 왜 좋은지 정확히 설명해 내지 못했고 시집 뒤에
실린 평론을 몇 줄 읊는 것으로 욕구를 달랬다. 우리 중
하나는 이 시는 주체와 대상을 무화하는 지점이 있어서
좋다는 둥, 주체의 정체성이 일원화되어 있지 않다는 둥의
하나마나한 이야기를 읊조렸다. 그때, 친구가 데리고 온 목
폴라가 "이 시가……좋다고요?" 하고 물었다. 아니, "이런

게 좋다고요?"라고 했나. 이유는 모르겠지만, 일순 우리는
벌거벗은 임금님을 향해 "옷이 멋지십니다!"하고 외쳐 대는
거리의 백성이 된 기분이었다. 목 폴라의 눈에 우리가 그렇게
보였을 것 같기 때문이었다. "좋은 시……죠." 우리 중 하나가
방어적인 동시에 약간 공격적으로 말했다. 그 말에 목 폴라는
기분이 상한 듯했다. "좋은 시가 뭔데요?" 그는 도전적으로
물었고, 발제자가 "그건 우리도 몰라요…… 설명하기
어려워요……."라고 답했으며, "설명도 못하면서 그걸
좋아한다고 말할 수 있어요?" 하고 목 폴라가 대꾸했다. 그
순간, 안경 발사자가 경직된 분위기를 견디지 못하고 기침을
해 안경알을 발사하려고 시도했으며, 그 옆에 있는 애가 안경
발사자에게 "작작 좀 해……."라고 조용히 읊조렸고 나는 이
상황이 매우 일기적이라는 생각을 하며 사태를 관망했다.
"읽는 사람에 따라 다른 거 아닌가요. 누가 좋은 시와 나쁜
시를 구분 짓죠?" 목 폴라가 말했다. 맞는 말이었다. 그때
난로 앞에서 발바닥을 말리던 애가 "예술에 좋고 나쁜 거,
훌륭하고 구린 게 없다고 믿는 사람들과 전쟁을 치르는 게
예술가니까요."라고 말했다. 목 폴라는 "어이가 없네요.
이 시가 좋다고 말하시는데, 저는 이게 무슨 말인지 아, 예,
모르겠는데요? 이런 걸 왜 써요?" 하고 최후통첩을 날렸으며,
그 말에 우리 중 누군가는 상처받았다. 그리고 목 폴라도

상처받았을 것이다. 그 순간 한 친구는 구석에서 "간구하여 이르되……." 하고 조용히 읊조리며 태풍이 지나가기를 염원했고, 목 폴라는 벗어 두었던 카디건을 챙겨 나갔다. 그 친구가 나가자 우리는 그가 아예 없었던 사람처럼 생각하며 시집 상찬에 열을 올렸다. 소심하게 복수하고 싶었던 것이었다. 우리가 좋아하는 것을 더 좋아한다고 외치는 게 문학회 친구들이 할 수 있는 복수의 전부였다. 우리, 문학쟁이들은 고작 그 정도였다.

나의 거짓말

친구들은 잡지나 신문에 자신의 작품을 투고했다.
언제부터인가 학교 우체국을 드나드는 친구들의 모습을
쉽게 볼 수 있었다. 반면, 나는 아직 투고할 만한 작품이
없었다. 시는 여러 편 썼지만 시원치 않았다. 친구들은
자신의 작품이 완성된 것이든 아니든 작품을 보냈다.
떨어져도 보내고 또 보냈다. 친구들을 생각하면 작가들의
저력은, 투고를 하며 우체국 언덕길을 오르던 허벅지
근육에서 오는 게 아닌가 싶다. 일전에 한 독자가 내게
물었다. 자신이 글쓰기에 재능이 없는 것 같다고. 재능이
없어도 시를 쓸 수 있냐고. 나는 재능이 있어야 할 수 있다고
생각한다. 그런데 재능은 뭔가를 잘하는 능력이 아니라
무언가를 남들보다 오래 좋아하는 지구력이라고 생각한다.

그것을 친구들로부터 배웠다.

나는 떨어지고 싶지 않았다. 그래서 한두 번 하고 투고를
안 했다. 안 떨어지려고……. 대신 일 년 동안 열심히 시를
쓰고 몰아서 투고를 하기로 했다. 마음에 드는 시가 적어도
다섯 편 모이면 그때 가서 생각하자고. 작품을 고르고
열심히 퇴고하고, 출력해서 포장한 뒤, 봉투에 신문사나
잡지사 주소를 적고 우체국에 가져가 보낸 뒤 결과를 간절히
기다리는 일련의 시간이 슬프고 부담스러웠으며 무엇보다
시 쓰는 데 방해가 되었기 때문에 잠시 등지고 시를 썼다.
그렇게 시가 모여 투고를 했는데 당선이 되었다.
기뻤지만, 외투 주머니가 텅 빈 상태로 등단한 거나
마찬가지였다. 당장 작품을 발표해야 하는데 시가 한 편도
없었던 것이다.(그런데 다행히(?) 청탁은 별로 없었기에 당장
작품을 발표할 일은 일어나지 않았다.) 다만 청탁이 오면,
낼 시가 없어서 일기를 발표했다. 그리고 일기를 시라고
우겼다……. 등단한 뒤에는 시 수업도 안 나가고, 문학회도
안 나가고 내 방에 틀어박혀 시만 썼다. 물론 등단을 하지
않았어도 계속 시를 썼을 것이다. 등단이 아닌 다른 루트를
통해 작품 활동을 할 수 있고, 새로운 루트는 많아지고
있으며 더 많아져야 하므로.

등단한 무렵에 가장 많이 들었던 질문은 등단 전화를 받았을 때 뭘 하고 있었는지였다. 당시 나는 수업 조교였다. 그때, 살면서 채점할 시험지를 다 채점했던 것 같다. 500여 명이 듣는 교양 수업의 조교여서 몇백 장의 과제와 시험지를 채점했는데, 그중 기억나는 시험지가 한 장 있다. 정확히 기억나진 않지만, 시에 빈칸을 뚫어 놓고 들어갈 단어를 맞히는 문제였던 것 같다. 그런데 빈칸에 들어갈 단어가 떠오르지 않았던 한 학생은 시험지에 작은 그림과 함께 교수님께 편지를 적었다.

"안녕하세요, 교수님. 수업 잘 들었습니다. 그런데 말입니다……. 죄송하게도, 저는 이 문제의 답을 모릅니다. 하지만! 저는 그 시를 압니다. 저는 정말 그 시를 압.니.다. 비록 빈칸에 들어갈 단어도, 시의 제목도, 이 시를 쓴 시인의 이름도 기억나지 않지만 저는 분명 그 시를 압니다. 그 시가 어디에 있었는지를요. 그 시는 바로 여기 이 즈음에 있었습니다."

교재 우측 면 하단에서
5cm 정도 떨어진…바로 그곳..

나는 심각하게 고민했다. 이 학생에게 만점을 줘야 할지 빵점을 줘야 할지…….

조교 업무 중 유일하게

좋아했던 일은 학생들의 엉뚱한 시험지를 채점하는
일이었다. 반면 책을 파는 일은 별로 좋아하지 않았다.
그날도 나는 연구실에서 책을 팔고 있었다. 연구실에는
나 혼자였고, 많아야 한 시간에 세 명 정도 수업 교재를
사러 왔다. 그래서 음악을 조용히 틀어 놓고 시를 썼다.
당시, 학생들은 문의 사항이 있으면 나에게 전화를 걸었기
때문에 모르는 번호로 오는 전화가 많았다. 그래서 학생인
줄 알고 받았는데 투고한 원고가 당선되었다는 전화였다.
소식을 듣고 전화를 끊었을 때, 마침 어떤 학생이 책을 사러
들어왔다. "만 1000원입니다~" 나는 박스에서 책을 한
권 꺼내 학생에게 건넸다. 학생은 곰돌이 푸 손지갑에서
주섬주섬 현금을 꺼냈다. 그런데 1000원밖에 없었다. 나는
너무 기뻐하며 대신 내주겠다고 했다. 돈이 없다는 말에
내가 과도하게 기뻐하자 그 사람은 살짝 몸을 뒤로 빼며
'뭐지……? 혹시 이거 다단계인가……?' 하는 표정으로 나를
쳐다보았고, 내가 주머니에서 돈을 꺼내 주자 그 사람은
(다리 한쪽은 이미 문 쪽으로 빼놓았음) "고마……워……요…
…오……." 하고 말하며 뒷걸음쳐 나갔다. 당선 전화를
받았을 당시 나는 책을 팔고 있었고, 전화를 받은 뒤에는
누군가에게 책을 사 줬다.

그런데 여기서 고백할 사실이 하나 있다. 전화를 받았을 때 나는 거짓말을 하나 했다. 당선 전화는 조금 이상한 구석이 있다. 내게 전화한 기자는 "이 신문에 투고했지요?" 하고 물었다. 나는 그렇다고 답했다. 그런데 전화의 용건을 밝히는 대신 그는 내 신분에 관한 정보부터 물었다. 가령 어디에서 공부해요? 어디 학교예요? 어디에서 태어났어요? 등. 애가 탄다. 투고를 해 본 적이 거의 없었고, 최종심에도 들어 본 적이 없었다. 그래서 당선 전화가 아니라 최종심에 들어서 전화를 하는 건가 싶었다. 이런 질문들이 어딘가에 반영이 되는 건가? 하는 생각도 들었다. 그중 이런 질문도 있었다.

"누구한테서 시 배웠어요?"

다른 질문은 묻는 대로 대답했는데, 이 질문을 듣자 나는 일 초간 멈칫했다. 그리고 내 입에서 (나도 모르게) 튀어나온 대답은 완전히 엉뚱한 것이었다. 낙엽 선생님의 이름 대신 유명한 시인의 이름을 댄 것이다. 당연히 나는 그 시인에게서 시를 배운 적이 없고, 실제로 본 적은 더더욱 없다. 아마 이 사실을 알면 그녀는 웃을 것이다.(그래서 영원히…… 그 시인을 피할 생각이다……) 예전에 피아노 연주자인 내 친구 인력거가 상을 타서 시상식에 간 적이 있다. 나는 연주회 카탈로그를 보고 웃었다. 연주자의 소개란에 스승의 이름이 함께 적혀 있었던 것이다. 스승이 없는 연주자는 한 명도 없었다. 화려한 스승도 점수에 포함되는 건가. 나는 속으로 비웃었다. 그런데 정작 '누구한테서 시 배웠냐'는 질문을 받자 내 입에서는 거짓말이 튀어나왔다. 그 순간에 낙엽 선생님의 이름을 댔거나 "그런 질문이 왜 필요한가요?" 혹은 "그 질문은 적절하지 않은 것 같습니다."라고 말했거나, 그럴 수 있는 용기가 있었다면 좋았을 것이다.

그리고 이런저런 질문이 다 끝난 후에 당선되었다고 알려 주었다. 당선자가 중복 투고를 했는지, 그리고 원고를 송고할 때 쓴 개인 정보가 정확한지 등의 신원 확인은 불가피하겠지만 어떤 질문들은 반드시 필요해 보이지는 않았고 나로 하여금 겁을 먹게 했다.

나는 거짓말을 했기 때문에 전화를 받은 뒤에도 찜찜했다. 우선 선생님에게 너무 미안했다. 죄를 지은 기분이 들었다. '사랑하는 선생님에게 무슨 짓을 한 거지?' 전화를 받고 당선 소식을 가장 먼저 선생님에게 알렸고, 선생님이 가장 기뻐했다.(선생님은 내가 등단을 했으니 이제 하산하라고 하셨다. 그제야 나는 여태껏 내가 산에 있었다는 사실을 깨달았다. 그래서 귀가 잘 안 들리고…… 호흡이 원활치 못했던 거구나…….) 마음이 불편했던 나는 며칠 후 기자에게 (묻지도 않았는데) 오태환 선생님이 나의 스승이라고 말했다.

"누구한테서 시 배웠나요?"

이 질문은 얼마나 외로운 질문인가. 누군가에게는 그럴 것이다. 더욱이 시를 혼자 쓰는 많은 사람들에게는. 나는 누구한테서 시를 배웠을까. 글쎄. 아직도 잘 모르겠다. 시는 배우는 것일까.(그게 아니라 전염되는 게 아닐까…… 아니면 오염되는 거거나…….) 시는 가르치는 것도 배우는 것도 아니고, 언젠가 이모가 했던 말처럼 삐는 것 아닐까. 접질리는 것이거나. 그래도 돌아갈 수 있다면 이렇게 말하고 싶다. 친구들에게서 배웠다고. 시뿐만 아니라 모든 것을 친구들에게서 배웠다고. 낙엽 선생님, 동아리, 나를 지나친 사람, 내가 지나친 사람, 이모, 삼촌, 희숙 할머니, 윤우 할아버지, 그리고 내가 읽은 모든 책, 그들이 모두 나의 친구였고 그들에게서 시를 배웠다고. 그 대답이 내가 나에게 줄 수 있는 가장 근사한 선물이었을 것이다.

줄거리 작가

며칠 전에 우기와 자동차 극장에 갔다. 영화 시작 오 분 전인데, 극장 입구에 자동차가 줄줄이 서 있었다. 알고 보니, 보려던 영화는 일찌감치 매진되었고, 우리가 선 줄은 한 시간 뒤에 시작하는 영화 예매 줄이었다. 차를 빼기 귀찮아서 그냥 보기로 했다.

영화가 시작하자마자 잘못된 선택이었다는 것을 깨달았다. 그런데 달리 취할 방법이 없었다. 자동차 극장의 최대 난점은 이탈할 수 없다는 점이다. 사방이 자동차로 막혀 있어서 도중에 나갈 수 없다. 자동차를 버리고 튈 순 있어도 말이다. 나는 차라리 팝콘을 들고 밖으로 나가 프로젝터 앞을 얼쩡거리는 것으로 영화에 출연하고 싶었다……. 그것만이 영화를 재미있게 만드는 길이라고 생각되었다. 나는 이따금 영화관에서 이런 상상을 하곤 한다. 가령, 영화가 시작하고 나서 뒤늦게 들어온 관객의 그림자가 스크린에 비칠 때, 그 사람이 쭉 영화에 남아 줬으면 좋겠다고. 스크린에 비친 그림자가 절묘하게 화면의 중요한 부분을 검정 구멍으로 만들어 버릴 때 이상한 쾌감이 있다. 그건 감독이 계산에 넣지 않았을 요소인데 영화의 일부가 된다. 그런데 만일 감독의 의도였다면? 팝콘을 들고, 허리를 굽힌 채 두리번거리며 자기 자리를 찾는 관객의 그림자가 알고 보니 실제로 영화의 한 장면이라면? 그 영상이 화면 밖으로 사라지지 않고 계속 거기 있다면? 관객은 그 사실을 모른 채 그림자를 향해 소리를 지르고, 신경질을 내고, 울고, 그런데 어두워서 그 사람이 어디에 있는지 알 수 없고, 그러나 실제로 그 사람은 거기 없으므로 만날 수 없다. 결국 감독의 의도는 영화 관람에 방해를 받는 상황을 통해 실제로 영화를 보게 하는 것이었고, 누군가는 이 영화를 '영화 방해하기 영화'라고 이름할 수도 있으며, 또 다른 누군가는 이 영화의 주제가 '자기 자리 찾기에 실패한 인간 보여 주기'라고 말할 수도 있겠지만, 실제로 그런 영화를 만들거나 관람하는 것보다 그런 영화가 있다고 잠깐 상상해 보는 편이 훨씬 재미있을 것이다. 그것 자체는 재미가 없지만 그것을 그려 보는 것이 더 재미있는 건 아이러니하다. 실제보다 실제에 관한 생각이 더 재미있을 때 말이다.

이와 유사하게(혹은 유사하지 않게) 이따금 줄거리가
작품보다 재미있는 현상을 목도할 때가 있다. 내 상상의
친구 뇌이쉬르마른이 말하길, 본인의 학창 시절에는
종종 대리 시청자를 자처하는 부모들이 있었다고 한다.
공부하느라 바빠서 엄마가 드라마를 대신 보고 줄거리를
이야기해 줬다는 것이다. 그러면 아이는 드라마를 본
척하면서 친구들의 대화에 낄 수 있었다고. 하지만 그
아이는 조그맣게 놀랄 것이다. 친구들이 본 드라마가 엄마가
요약해 준 이야기와 너무 달라서. 학창 시절에 우리 엄마도
내게 드라마 줄거리를 들려주곤 했다. 공부하느라 시간이
없어서가 아니라 엄마가 들려주는 줄거리가 드라마보다
더 재미있어서였다. 실제로 드라마를 보면 하나도 재미가
없었다. 원작보다 작품의 줄거리가 더 재미있다면 엄마는
일종의 줄거리 작가인 건가?

그러면 나는 드라마를 사랑하는 게 아니라 줄거리를
사랑한 거고, 드라마를 사랑한 게 아니라 가성비를 사랑한
건가.

국어 문제집 해설을 보면 작품 요약이 딸려 있다. 그런데
줄거리를 쓴 사람은 중요하게 다뤄지지 않는다. 작품보다

줄거리가 더 나을 수 있고, 줄거리도 쓴 사람에 따라 다르다면 줄거리라는 장르가 있어도 재미있을 것이다. 가끔 어떤 작품의 줄거리가 떠올라서 줄거리를 공책에 쓰고 나면 할 게 없다. 우선 그 줄거리를 작품으로 풀어 쓰는 건 시간과 돈과 체력이 너무 많이 든다. 그렇다면 나는 소설을 사랑하는 게 아니라 소설의 줄거리를 사랑하는 거고, 소설을 사랑하는 게 아니라 가성비를 사랑하는 건가? 게다가 줄거리를 쓰면…… 일단 뭔가…… 뭔가…… 다 된 느낌이다. 더 이상 이걸로 뭘 더 하지 않아도 될 것 같다. 이 자체로 하나의 작품이라는 생각이……. 그렇게 자족하고 끝낸다. 그래서 소설을 못 쓴다.

무엇보다 내가 쓴 줄거리를 펼쳐서 작품으로 만들면 노잼일 거라는 확신이 있다. 줄거리가 작품보다 재미있을 거라는 불안 때문에 소설로 쓰질 못하겠다. 대신 나는 종종 어떤 시를 '줄거리 시'라고 부른다. 줄거리를 조금 다듬으면 압축적인 초단편 줄거리 시가 되기도 한다.

나는 또 다른 이유를 대며 소설 쓰기를 피한 적이 있다. 문학회 시절에 친구들로부터 소설을 쓰면 잘 쓸 것 같다는 말을 간헐적으로 들은 적이 있는데 나는 이 말을 누리기 위해 소설을 안 썼다……. 아니, 나는 친구들이 그런 생각을 품은 것만으로 친구들은 나의 (안 쓰인) 소설을 읽은 거나 다름없다고 생각했다. 친구들은 어떤 방식으로 나의 소설을 읽은 거라고. 나는 상상적으로 창작을 했고 친구들은 상상적으로 독서한 거라고. 나는 이것도 일종의 창작과 독서라고 생각한다.(고 얘기하면 혼날 것 같다.)

특히, 소설을 투고할 때, 줄거리 요약본을 써야 할 때가 있는데 이게 무서워서 투고를 못 하겠다. 소설을 다 썼는데 줄거리까지 쓰라고 하다니. 작품을 두 편이나 내야 하는 거잖아! 소설 한 편과 줄거리라는 작품 한 편. 제길! 이건 작품은 본질적으로 요약이 불가하다는 얘기도 아니고, 요약하는 게 귀찮다는 얘기도 아니다. 요약도 작품이기 때문이다. 작품과 별개로 줄거리를 지어내야, 줄거리를 창작해야 하기 때문에 너무나 수고스럽다. 언젠가 작품 요약본 없이 투고하리라…….

아, 며칠 전에 우기가 토리야마 아키라의「드래곤볼」이야기를 해 줬다. 초사이언맨의 머리색은 처음에 하얀색이었다고 한다. 이유는 작가가 머리를 색칠하기 귀찮아서였다. 내 생각, 아니 내 합리화에 따르면 귀찮음은 작품의 좋은 밑거름이 될 수 있다. 귀찮음은 귀한 소금이다.

조금씩 이사 가기

　도서관에 가면 서고에 있는 책을 빌리기 미안하다.
일반인은 서고 출입을 할 수 없어서 사서에게 부탁해야 하기
때문이다. 도서 검색대에서 종이를 출력해 가져가면 사서는
자리에서 일어나 어디론가 총총히 사라진다. 왠지 그녀가
밧줄을 타고 지하실로 내려가 영영 돌아오지 않을 것만 같다.
서고에 있는 책을 빌려 달라고 할 때마다 그녀는 기꺼이
책을 가지러 간다. 가끔은 그녀를 서고에 혼자 보내기 싫어서
(사실은 말 걸기에 재능이 없어서) 책을 안 빌린다. 하루는
빌리려던 책이 서고에 있어서 그냥 열람실에 있는 책을
빌렸다. 서가를 둘러보다가 내가 우연히 집은 책은 안토니오
타부키의『사람들이 가득한 트렁크』였다.

이 책을 통해 나는 처음으로 페소아의 삶에 관해 알게 되었다. 페소아는 이명(異名)의 천재였다. 그는 여러 인물들을 창조해 그들에게 각자의 삶을 부여했다. 알베르투 카에이루, 알바루 드 캄푸스와 같은 가공의 시인들은 실제로 작품을 발표하며 한 시대를 살았다. "큰 키에 세련되고 외알 안경을 낀 채 한쪽으로 가르마를 탄 영국계 공학자로, 글래스고에서 학위를 받은 뒤 리스본에서 게으른 댄디로 살았다"[7]는 "캄푸스는 오만하게도 페소아와 오펠리아 케이로스의 관계에 개입했고, 이것이 약혼을 깨뜨린 원인은 아닐지라도 어떤 면에서는 수단이 되었다"[8]고 한다. 페소아는 자신이 만들어 낸 인물들과 교류했고 그들이 그의 삶에 드나들도록 하였다.

존재하지 않는 인물들의 창조에서, 공은 단지 작가만이 보내고 반면에 등장인물은 네트 맞은편에서 공을 받아치는 기능만 하는 이 기괴한 게임에서, 페소아는 철저하게 이 게임을 하기로 수락했다. 그의 편에서 보자면 게임은 양방향으로 움직이는 것이다. 그러니까 어느 순간 그가, 아니 네트 맞은편에 있던 사람들이 반응해왔던 것이다. 그리고 페소아는 충실하게

---

7 안토니오 타부키, 김운찬 옮김, 『안토니오 타부키 선집 8―사람들이 가득한 트렁크』(문학동네, 2016), 71쪽.

8 위의 책, 72쪽.

이 게임에 임했다.[9]

그가 만들어 낸 가공의 인물은 70여 명이 넘었고, 그중에는
'평생의 목표가 신문 십자말풀이 1등이었던 수수께끼 애호가
A. A. 크로스' 등이 있다.(페소아는 지구의 인구수가 모자란다고
생각했던 걸까?) 페소아의 애인 오펠리아는 페소아가 그의
친구 A. A. 크로스를 만나고 오면 사람이 이상해지는 것
같다며 그와 거리를 두라고 조언할 정도였다. 물론 A. A.
크로스는 페소아가 만들어 낸 가공의 인물이었다.

이러한 이름들은 단순히 필명이 아니었다. 페소아는 가명
뒤에 자신을 숨기고 싶었던 것이 아니라 타자를 발명하고
싶었던 게 아닐까. 안토니오 타부키에 따르면 페소아는 세상과
철저히 거리를 두며 살았다고 한다. 외부 세계를 차단하는
사람은 결국 뒷문을 통해 빠져나가 새로운 것을 창조하는
걸까? 사람을 극단적으로 만나지 않으면 결국 인간을 창조해
버리는 것일까. 뚜껑이 닫힌 연고를 꽉 짜면 원래 입구가 아니라
찢긴 틈으로 빠져나가는 것처럼. 출구가 없는 방에 페소아의
영혼을 넣고 그 방을 상자처럼 마구 흔든 뒤 뚜껑을 열면 그
안에 100명의 새로운 인물이 우글거리고 있을지도 모른다.

9 위의 책, 36쪽.

며칠 뒤, 나는 만화가인 친구와 통화를 하던 중 페소아를 떠올렸다. 통화 중 그녀는 자신이 사실은 무협 작가라고 고백했다.(이야! 나는 신났다.) 그런데 필명을 쓴다고 했다. 알려 달라고 하니 비밀이란다. 게다가 여러 곳에서 여러 개의 이름으로 활동하고 있다는 것이다. 친구는 그게 일종의 '안전장치'랬다.

"언젠가 내가 만화가로서 그림을 그릴 수 없게 되어도 상관없을 만큼 다른 곳에 나를 만들어야겠다는 생각이 들었어."

친구는 이어 말했다.

"난 두려워. 내가 아무리 조심해도, 그리고 내 잘못이 아니어도 불미스러운 일에 연루될지도 모르잖아? 나는 이런 장면을 상상해. 누가 나를 고발하는 거야. '△△△ 만화가의 책 출판해도 되는 건가요?' 어찌어찌해서 내게 누명이 씌워진 거야. 사람들이 떠나가고, 아무도 내 만화를 보지 않고 나는 나를 잃겠지. 그렇게 되면 다시는 일어서지 못할 것 같아. 그런데 내가 무협 작가로서 수익이 점점 늘어서 한 달에 500만 원을 벌면 서서히 내가 나 자신을 만화가보다 무협 작가로 여기게 되지 않을까? 그러면 내가 더 이상 만화를 그리지 못하게 되었을 때, 나는 나를 욕하는 댓글에 무협 작가인 자아로 이렇게 달 거야. '△△△ 작가(자기 자신)

엄청 웃기네요. 그 사람 만화 절대 안 볼 거예요.' 이렇게 쓰고 내 삶을 닫을 거야. 마치 그렇게 된 사람이 내가 아닌 것처럼. 그리고 다시는 쳐다보지 않을 거야, 나의 지난 인생을. 그런 안전장치를 만들고 싶어."

"음…… 조금씩 이사를 가는 거네?"

내가 물었다.

"그렇게 내가 나에게서 나를 완벽히 떼어 내는 거지."

"정체성 옮기기라…… 왠지 엄청나게 슬퍼. 사실 나도 그런 상상을 한 적이 있어. 그런데 나는 시인으로서 그렇게 되면 다른 무엇도 되지 못할 것 같아."

나는 문득 문보영이 아닌 '몬'보영을 상상했다. 인스타그램의 문보영 계정 프로필에는 내 오른쪽 얼굴 사진을 걸어 놓고, 몬보영 계정에는 왼쪽 얼굴(점 하나 찍고) 사진을 올려놓는 것이다. 이제 문보영이랑 몬보영은 서로의 작품을 비평하고 싸운다. 그런데 어느 날 둘은 갑자기 결혼을 해서 1년 4개월을 함께 살다가 이혼을 한다. 그리고 3년 뒤에 외국을 여행하다가 우연히 만나 재혼을 한다. 그리고 예전처럼 서로의 작품을 신랄하게 비판하고, 누구보다 서로의 작품을 치열하게 읽고, 서로에게 영향을 주며 살아간다. 그리고 카프카처럼 미발표 원고를 서로에게 맡긴 후 자신이 죽으면 불태워 달라고 부탁을 한다. 그렇게 문보영은 몬보영의, 몬보영은 문보영의 유언 집행자가 되는 것이다. 하지만 둘은 한날한시에 사망할 것이므로 그들의 유언은 집행되지 않는다.

이상한 상상을 하다가 나는 친구에게 페소아의 이야기를 들려주었다. 그러자 친구가 물었다. "페소아도 불안했던 걸까?" "글쎄, 심심했거나." 나는 답했다. 그리고 나는 잠시 침묵했다. 친구의 이야기가 슬퍼서. "그런데 안 망하고 잘될 수도 있잖아." 나는 말했다. "음…… 아니야. 난 잘돼도 망해." 친구가 말했다. "왜냐하면 나는 잘되면 필연적으로 우스꽝스러워지는 영혼이거든. 카페 알바를 할 때였어. 내가 일을 잘해서 점장님이 '이제 다 배웠네, 다 배웠어.' 이러시는 거야. 나는 그날 컵을 실수로 두 개나 깼지……. 그래서 점장님한테 칭찬하지 말라고 했어. 나는 칭찬하면 망가지거든. 그러니 난 잘 되어도 도망가고, 망해도 도망가게 되어 있어. 누가 날 좋게 생각하면 미칠 것 같거든. 난 칭찬하면 고장 나 버려." 친구가 또 슬픈 소리를 했다. "그런데 넌 고장 나도 사랑스러울 거야." 나는 말했다. 그랬더니 친구는 이 초 정도 침묵하더니 이렇게 말했다.

"음…… 사람들이 나를 열심히 고장 내면 완전히 다른 게 될 수도 있겠지? 사실은 진짜 고장 나 버려도 좋으니까…… 그로써 완전히 새로운 게 되는 거지."

문보영 자기소개서

안녕하세요, 제 이름은 문보영입니다. 네? 제 옆에 있는 돼지 인형은 뭐냐구요? 이분의 성함은 '말씸러'입니다. 따뜻한 비밀을 많이 가지고 있습니다. 아…… 면접장에 인형을 가지고 오는 사람이 어디 있냐고요? 불편하셨다면 죄송합니다. 그런데 이분은 인형이지만 꼭 인형이라고 단정할 수는 없습니다. 면접관님도 아기였을 때 보자기 같은 것에 싸여 있었을 겁니다. 그렇죠? 가령, 노란색 보자기라고 치죠. 노란색 보자기에 싸여 있던 아기가 크면, 보자기에서 나와 보자기를 들고 다닙니다. 자신을 감싸던 세계를 들고 다니기 시작하는 것이죠. 그러나 그 세계를 들고 다니는 순간, 그것을 잃을 수도 있게 됩니다. 보자기는 차츰차츰 사라집니다. 다른 사물처럼 낡아요. 아쉬워할

필요는 없습니다. 낡음이라는 현상은 우리를 감싸던
보자기의 영혼이 우리의 피부가 되면서 나타나는 작은
현상일 뿐이니까요. 세상의 모든 낡음을 이렇게 받아들이면
쉬워요. 영혼의 일정량이 다른 무엇이 되어서 보탬이 되었다.
그것이 제가 생각하는 낡음입니다. 그런데 무슨 말을 하다
보자기 얘기가 나왔죠? 아아, 제 돼지 인형은 그러니까,
인간을 감싸던 첫 번째 세계와 같은 존재라는 것입니다. 저를
소개하기 위해선 제 보자기인 돼지 인형을 데려오는 것이
마땅하다고 생각했습니다. 네, 죄송합니다. 제가 본론을 자꾸
벗어난다구요. 조심하겠습니다.

그런데 이렇게 딴 길로 새는 재능이야말로 바로
저의 강점인지도 모릅니다…… 몇 년 전에 교생
실습을 나갔는데요, 가장 즐거웠던 순간은 시험 감독
시간이었습니다. 동료 교생들은 차라리 수업을 하는 게
낫다, 꿈쩍도 하지 않고 오십 분을 버티는 게 고문이었다고
말했지만 저는 아무와도 말할 수 없는 그 오십 분이
좋았습니다. 나에게서 온갖 대화를 끌어내 시간을 보내는 게
즐거웠거든요.

네? 저의 가치관을 알 수 있는 내용이 전혀 없다고요? 아.
시련에 대해 질문 주셨습니다. 시련이라…… 누구나 시련을
겪습니다. 살면서 가장 힘들었던 순간이 언제였냐고요?

면접관님을 포함해서 그런 질문을 할 자격은 아무에게도
없다고 생각합니다. 아녜요, 저 화난 거 아닙니다. 하하.
시련에 관해서라면…… 말입니다. 저는 제가 경험한 힘든
일들에 대해 표현을 조금 달리하는 것만으로도 상황이
나아진다고 생각하는 편입니다. 이렇게 바꿔 말하는
거예요.

"불행한 게 아니라 좀 불편했다."
라고요.

정말 불행했던 시절을 회상할 때도, "불행했던 게
아니라 불편했던 거라고 생각하자."라고 말해 봅니다. 쉽진
않습니다. 그런데 단어만 조금 바꿔 말하는 것으로도 위로가
됩니다. 그러면 내가 나를 죽도록 미워하던 시절도, 누군가
나를 아프게 했던 순간도 용서하기 조금은 수월해집니다.
저는 저를 자주 미워하는데요, 그만큼 누군가에게 미움을
받는 순간에도 제 편이 되지 못합니다. 그럴 때는 일기를
썼습니다. 그래서 일기를 매일매일 쓰게 되었어요. 네? 네, 딴
길로 새지 말라고요? 제게 창작이 무엇이냐구요? 그저 매일
하는 무엇입니다. 선인장은 사막이 좋아서 사막에 사는 것이
아니라 사막이 선인장을 아직 죽이지 않았기 때문에 거기

사는 것이라고[10] 호프 자런은 말하더군요. 저는 주로 새벽 5시에서 6시경에 잠들고 오후에 일어나 하루를 시작합니다. 그래서 새벽 12시에서 5시에는 늘 혼자 있어요. 방에서 라면을 끓여 먹고, 드라마를 보거나 침대에 누워 뒤척이며 시간을 보냅니다. 12시에서 5시는 이상한 시간입니다. 깨어 있는 사람은 적고, 식당과 상점도 닫습니다. 스스로 생존해야 하는 시간이죠.

　왜 갑자기 면접장이 숙연해졌죠? 말썽러도 시인이냐구요? 아뇨. 이분은 글을 쓰지 않습니다. 면접관님도 뭔가 느끼기 시작하셨군요? 이분이 살아 있다는 것을 말입니다. 우기가 말했습니다. 애정을 준 사물에게는 죽기 전까지 애정을 줘야 한다고요. 우기는 어렸을 때, 잠에서 깨면 이불에 몸을 비비적거리며 포근한 행복감을 느꼈대요. 잠에서 깨고도 행복할 수 있었던 건 이불에게 인격을 부여했기 때문이었어요. 우기에게는 쌍둥이 형이 있는데, 쌍둥이 형도 인형론자여서(인형론자는 사물에게 영혼이 있다고 믿는 자들이에요.) 이불에게 이름과 애칭을 지어 주었대요. 핑크색 이불에게는 '화룡'이라는 이름을 붙였고요, 노란색 이불에게는 황룡, 그리고 하얀색 이불에게는 백룡이라는

10　호프 자런, 김희정 옮김, 『랩 걸』(알마, 2017), 203쪽 참고.

이름을 붙였어요. 애칭도 따로 있었는데, 화룡은 '팟',
황룡은 '파슬', 백룡은 '백하얀'이었어요. 이들은 제각기
다른 능력과 성격을 지니고 있었죠. 둘째인 황룡은 아주
빨랐어요. 그리고 불을 내뿜을 수 있었는데 그 불은 뜨겁지
않았어요. 그래서 전쟁에 나가면 빠르게 지고 돌아왔대요.
막내 백룡은 마법사였어요. 백룡은 자신을 자르는 묘기를
부렸는데, 자기를 반으로 잘라도 자기가 똑같이 존재하는
마법이었어요. 신기한 건, 반으로 자른 부위에서 파랑초라
불리는 약초가 자랐는데, 파랑초를 먹으면 어떤 병이든
말끔히 나았대요. 그래서 백룡은 세상의 병을 치유하기
위해 끊임없이 자기를 반으로 갈랐어요. 자신을 자른 만큼
사람이 살 수 있으니까요. 그리고 화룡은 맏형이었는데요,
제일 대단한 능력이 있었어요. 뜨거운 불을 내뿜는
능력이었을 거라구요? 아니에요. 든든하다는 능력이었대요.
그게 어떻게 능력이냐고요? 우기에게 물었더니, 그냥
그게 능력이래요. 든든함이라는 능력. 화룡의 능력은
백룡의 자기 재생 능력이나 황룡의 빠른 이동 능력보다도
더 뛰어난 능력이었어요. 아무것도 하지 않아도 화룡을
바라보면 '든든함'이라는 감정을 느끼면서 삶이 소화되는
기분이 들었대요. 네, 삶이 소화되는 기분이 뭔지는 저도
잘 모르겠네요. 삶을 불편하게 만드는 불안이나 슬픔 같은

것들이 묵은 때가 벗겨지듯 사라지는 게 아닐까요? 그래서
화룡은 사람들이 원할 때면 언제든지 자신을 볼 수 있게
밖에서 살았대요.

네? 끝이냐구요?

네, 끝이에요.

결론은 그러니까…… 이불은 착하고 선한 존재라는
것입니다. 그리고 구수한 냄새도 나고요. 제 말은 이불 같은
존재가 되고 싶다는 것입니다. 네? 이불 얘기 말고 세상의
어둠에 관해 얘기해 보라고요? 작가는 그런 것에 관해
이야기하는 자라고요? 글쎄요. 그럼, 며칠 전에 만난 어둠에
대해 얘기해 보겠습니다.

어제는 게임을 하다가 라면 한 봉지를 끓여 먹고 우기와
동네에 있는 커다란 트랙을 돌았어요. 깜깜한 밤에 가로등이
켜져 있어서 무섭지 않았어요. 우리는 달리는 속도가 달라서
각자 달려요. 가로등이 점점이 서 있지만, 트랙이 너무
길어서 빛과 어둠은 점선처럼 이어져요. 문득 사위가 너무
고요해 주위를 둘러보면 우기가 없어요. 안 보이면 우기는
어둠 속에 있는 거예요. 집에 먼저 간 것도 아니고 납치당한

것도 아니고 단지 어둠 속에 있어서 내 눈에 안 보일
뿐이에요. 그러나 어둠 속에 있어도 보일 때가 있어요. 나와
같은 어둠 속에 있을 땐 서로가 선명하거든요. 나는 달리다가
멈춰요. 우기가 보이지 않아요. 조금 더 기다리면 나타나요.
그런데 영 안 나올 때가 있어요. 그럴 때는 "야! 너 있냐!"
하고 소리쳐요. "있다!" 우기가 소리쳐요. 소리가 나는 쪽을
봐요. 우기가 빛으로 나옵니다. 그러나 금세 어둠으로 들어가
보이지 않아요. 빛과 어둠을 수영하고 있어. 우리는 헤엄치는
물고기야. 우리는 생각해요.

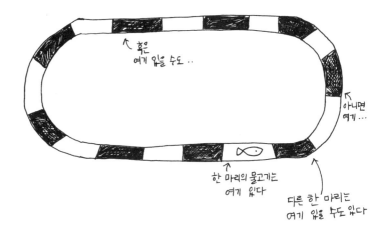

그림 「빛과 어둠을 헤엄치는 물고기들」

그것만으로는 저를 뽑을 이유가 부족하다고요? 저에 대해 알게 된 점이 하나도 없다고요? 음…… 어쩔 수 없군요. 그럼 제가 가져온 일기장을 펴서 아무 장이나 읽어 보겠습니다. 세상의 모든 자기소개서를 일기장의 한 문장을 랜덤으로 발췌하는 것으로 대체하면 좋을 거예요. 네네, 할게요. 자 보십쇼. 아무 장이나 펼쳐서 눈이 마주친 문장을 낭독해 보겠습니다.

"친구들은 나를 '빨간 머리 앤이지만 아직 덜 큰 빨간 머리 앤'이라고 부른다."

이 문장이네요.

꿈 전시장

공포 꿈

꿈에 오래된 친구가 나왔다. 친구는 내게 커다란 갈색 옷장을 보여 주었다. 윗부분이 아치형이었다. 그런데 친구는 옷장이 거꾸로 되었다며 뒤집어야 한다고 했다. 아랫부분이 아치라고. 옷장을 뒤집자, 옷장은 다시 태어난 사람처럼 그럴싸해졌다. 똑같은 물건을 뒤집는 것만으로 전혀 새로운 존재가 된 것이다. 옷장은 아래가 오뚝이처럼 둥글었지만 어느 쪽으로도 기울지 않았다. 옷장에는 여러 개의 서랍도 있었다. 다음 장면에서 나는 갑자기 버스를 타고 있다. 맨 뒷좌석에 혼자 앉아 있었다. 바깥 풍경을 바라보고 있었는데, 친구의 옷장이 건너편 인도에 사람처럼 서 있었다. 그때 어디선가 노란빛을 거느린 천사가 나타나 옷장 문과 서랍을 모두 열기 시작했다. 서랍을 열자 서랍 바닥에서 빛이 발했고, 서랍 속에 있던 물건들이 후광을 발하며 밖으로 나오려 했다. 마치 오래전부터 그곳에 갇혀 있었던 것처럼 말이다. 물건들은 몸을 내밀어 빛을 받아들였다. 빛에 몸을 말리는 것 같았다. 그러더니 사물은 빛과 함께 하늘로 올라갔다. 서랍의 사물들을 풀어 준 뒤 천사는 갑자기 내가 탄 버스 안으로 날아왔고 창문을 통과해 버스 좌석에 앉았다. 천사는 사람이 되어 있었다. 그 사람이 천사라는 사실은 나만 알았다. 나는 천사가 무서웠고 천사로부터 나를 보호해야 한다고 생각했다. 그리고 다음 역에서 친구와 친구의 친구들이 버스에 탔다. 나는 떨리는 손으로 천사의 뒤통수를 가리키며 "저 사람, 사람 아니야." 라고 외쳤다. 친구들이 내 말을 알아듣지 못할까 봐 불안해서 나는 다시 한 번 알렸다. "사람이 아닌 사람은 저자야!" 그러자 천사가 고개를 180도 돌려 나를 쳐다보았다. 사람으로 변한 천사는 처음 보는 여자였다. 머리가 까맣고 길었으며, 검은 눈동자 주변으로 흰자위가 보이는 삼백안이었다. 그리고 그녀는 아무 표정이 없었다. 자신이 사람이 아니라는 사실을 부정하지도 긍정하지도 않는 얼굴. 오직 나를 바라보고 있다는 사실만을 전달하는 눈이었다. 갑자기 그 눈이 엄청나게 커졌다. 그 순간, 버스가 트럭과 충돌해 승객들이 모두 붕 떴다. 그때, 천사도 함께 붕 떴고, 그녀의 눈은 바닥을 향하게 되었는데, 천사의 눈에서 믿을 수 없이 커다란 눈물 한 방울이 바닥을 향해 떨어졌다. 그녀의 눈물은 눈동자 중앙에서 둥, 하고 떨어졌다. 그 소리가 굉음을 동반하여 나는 잠에서 깨어났다. 꿈에서 깨고도 그녀의 눈물이 떨어지는 모습이 생생하여 꿈 같지가 않았다.

나는 일기장에 다음과 같은 문장을 휘갈겨 쓴 다음 깊은 잠에 빠져들었다.

"천사의 머리는 가을바람이었고, 누군가 가슴을 쓸어내리면 천사의 머리카락이 자랐다."

3부

도서관 가는 두 가지 길

도서관 가는 길은 이렇게 생겼다.

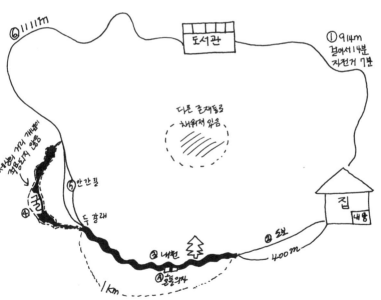

하루에 도서관을 두 번 간다. 아침에 한 번, 저녁에 한 번. 12시경에 일어나 자전거를 타고 ①번 길로 간다. 어제 읽던 책을 마저 읽고, 오늘 꾼 꿈을 일기장에 기록할 생각을 하면 매번 신난다. 그러나 한 시간 정도 작업을 하다가 졸기 시작한다. 꾸벅꾸벅 졸다가 괴로워진다. 잠과의 사투 끝에 어찌어찌 저녁 5시가 된다. 배가 고프고 기력이 쇠한다. 너무 오래 밖에 있는 것 같다. 내 방이 그립다. 그래서 초저녁잠을 자러 ①번 길을 따라 자전거를 타고 집에 온다.

침대에 배를 깔고 게임을 하고 밥을 차려 먹은 뒤 한숨 자고 일어난다. 그런데 왠지 도서관에 가고 싶지 않다. 그래서 두 번째 길로 간다. 자전거는 집에 두고 걸어간다. 최대한 늦게 도착하려고…….

두 번째 길은 ②+③+Ⓐ+④+⑥로 이루어져 있다. ②를 따라 걸으면 내천인 ③이 나온다. 내천을 따라 뛰고 걷기를 반복한다. 내천에는 내가 좋아하는 흔들의자 Ⓐ가 두 개나 있다. 흔들의자에 앉으면 내천과 느티나무가 보인다. 그곳에 한 시간 정도 멍하니 앉아 지나가는 사람을 구경하며 해가 지기를 기다린다. 종종 아이들이 흔들의자를 발견하고 신이 나서 내 쪽으로 달려오는데, 아이들의 아버지는 "안 돼, 거기 사람!" 하고 외치며 아이들을 제지한다. 나는 아이들에게 의자를 내어 주지만, 아이들 아버지가 허락하지

않는다. 아이들은 별 미련 없이 다시 뛰어가고 아이들
아버지는 "앞에 봐, 앞에!" 하고 소리친다. 아이들은 앞만
빼고 다 보니까. 나는 조금 더 흔들거리다가 해가 지면
다시 걷는다. 좀 더 걸으면 길은 ④와 ⑤로 나누어진다.
④는 작은 굴인데, 이 굴은 내 상상의 친구 뇌이쉬르마른이
몰래 파 놓은 것으로 내 눈에만 보인다. 도서관에 가기
전에 꼭 이 굴을 지나간다. 처음엔 걸어 들어가지만, 점점
좁아지고 낮아져서 기어서 통과해야 한다. 그러다 보면, 알
수 없는 식물이나 나뭇가지에 긁혀 상처가 나기도 하고,
천장에서 떨어지는 흙에 맞기도 한다. 사실 나는 흙을
먹는 것을 좋아한다. 나의 은밀한 식생활에 대해 털어놓자
상상의 친구 뇌이쉬르마른은 '영양가가 없는 물질에 대한
갈망'은 자연스러운 현상이며 실제로 사전에 이식증이라는
병명으로도 등재되어 있다고 했다. 철 결핍으로 인한 빈혈이
있을 때 나타나는데 이식증이 있는 사람들은 생쌀이나
흙, 얼음, 페인트 등을 먹는다는 것이다. 뇌이쉬르마른에
따르면 머콜라 박사는 이렇게 말했다고 한다. "영양가가
없는 물질을 찾는 현상은 영양 결핍과 관련이 있는 경우가
많습니다. 이 경우 얼음을 씹는 것은 철분 부족이나 빈혈증의
증상일 수 있습니다. 얼음을 씹는 것에 중독된 사람은 얼음을
찾거나, 심지어 (얼음을 씹고자 하는) 욕구를 충족시키기 위해

냉동실의 서리까지도 먹습니다……. 이식증의 증상은 수 세기 동안 존재해 왔지만, 젊은 의사들은 '영양가가 없는 물질에 대한 갈망'과 영양 결핍 사이의 관계를 크게 인식하지 못하는 것으로 보입니다."[II]

　뇌이쉬르마른은 흙과 나의 친교를 위해 손수 굴을 파 주었다. 이 굴은 뇌이쉬르마른이 나만을 위해 만들어 준 놀이터이자 흙 냉장고다. 굴은 시원하다. 나는 누워서 흙냄새를 맡다가 한두 점의 흙을 먹어도 보고, 몸 위에 흙을 덮는 놀이를 하기도 한다. 그러면 이내 잠이 솔솔 와 몸을 돌돌 만 채 잠깐 잠들었다가, 악몽을 꾸고는 훌쩍이며 일어나 이불보다 보드라운 흙에게 위로를 받는다. 나는 모래보다 흙이 더 좋다. 흙은 왠지 더 애절하므로……. 그런데 무덤 속에 있는 기분이 들어 갑자기 조금 무섭다. 조금 더 기어가면, 작은 물웅덩이가 나온다. 여기서 세수를 하고 이에 낀 흙을 물로 헹구어 삼킨다. 그렇게 굴에서 빠져나와 온몸에 묻은 흙을 털고, 손톱 아래 낀 흙을 파낸다. 이 굴에는 세상의 거리 개념이 적용되지 않기 때문에 굴의 길이를 계산하는 것은 가능하지 않다. 나는 카프카의 문장을 떠올린다. "굴 속에서는 언제나 나는 시간이 무한정 있다. ― 왜냐하면 내가

II　https://korean.mercola.com/sites/articles/archive/2016/11/24/얼음에-대한-갈망과-철분-결핍. aspx 참고.

그곳에서 하는 일이 모두 다 훌륭하고 중요하며 나를 어느 정도 만족시키기 때문이다."[12] 이제 ⑥을 따라 쭉 걷는다. 다리 하나를 더 건너면 도서관이 나온다. 이것이 도서관을 가는 두 번째 길이다. 그렇게 해서 아침과 달리 도서관 가는 길은 칠 분에서 한 시간 반으로 연장되고, 나는 도서관에 늦게 도착하는 데 성공한다. 늦게 도착한 만큼 책과 오랜만에 만난 기분이 든다. 따라서 아침처럼 반갑게 글을 쓰고 책을 읽을 수 있다.

[12] 프란츠 카프카, 앞의 책, 770쪽.

뇌이쉬르마른이 사는 세계의 도서관은 이렇게 생겼다.

'이그드라실'은 북유럽 신화에 나오는 엄청나게 큰 나무다. 이 나무는 아홉 개의 나라에 걸쳐 있고 모든 세상을 연결한다. 뇌이쉬르마른은 자기가 사는 세상에 도서관은 전부 아홉 개이고, 모두 이그드라실로 연결되어 있다고 했다. 한 도서관에서 다른 도서관으로 이동할 때 미끄럼틀을 타듯 이그드라실의 나뭇가지를 타고 이동한다는 것이다. 도서관에 찾는 책이 없으면 세계수의 가지를 붙잡고 기어서 다른 도서관으로 가서 책을 읽으면 된다고. (책을 읽으러 도서관에 가는 사람들보다도 세계수, 그러니까 이그드라실을 보기 위해 도서관에 가는 사람이 더 많다고 한다.) 그런데 사람들이 자꾸 가지 위에서 자고 있어서 문제라고 한다. 도서관에 없는 책을 빌리기 위해 세계수의 가지를 붙들고 기어서 다른 도서관으로 가는데, 앞사람이 가지 위에서 잠들어 버리는 것이다. 그러나 뇌이쉬르마른의 사는 세계에는 '잠든 사람은 함부로 깨우지 말라'라는 법칙이 있어서, 잠든 자가 스스로 잠에서 깰 때까지 기다려야 한다. 이런 현상은 유독 도서관에서 자주 일어난다고 한다. 책을 찾으러 간 사람이 나무 위에서 갑자기 잠드는 현상. 도서관에서 다른 도서관으로 이동할 때 단잠에 빠지는 사람을 보고 어떤 현자는 "잠자는 사람은 세상에서 가장 커다란 나무에 달린 열매다."라고 말했다고 한다.

도서관 사서들은 이그드라실을 이용하는 것이 금지되어 있다. 그들이 잠들면 도서관이 잠드는 것이므로. 따라서 사서들은 출근할 때마다 다음과 같은 문장을 외운다.

"너는 깨어 있으며, 파수꾼들 가운데 하나이며, 네 옆에 있는 부러진 나뭇가지 더미에서 불타는 장작을 한 개 꺼내 흔들어서 바로 옆 사람을 찾고 있다. 왜 너는 깨어 있는가? 누군가 한 사람은 깨어 있지 않으면 안 된다고 한다. 한 사람은 거기 있어야만 한다.[13]

그런 세상이 있다니! 나는 외쳤다. 나는 지금 다니는 도서관을 발견하기 전에 여러 도서관을 전전했다. 눈치가 보여서 카페에는 오래 못 있는 편이어서 도서관을 다니는데 도서관에만 가면 숨이 막히고, 도서관 특유의 권태로운 분위기 때문에 세 시간 이상 있지 못한다. 그래서 아침에는 집에서 가장 가까운 도서관에, 점심에는 남의 동네 도서관에, 저녁에는 또 다른 남의 동네 도서관에 가곤 했다. 그렇게 세 군데를 전전했다. 우리 동네 도서관도 이그드라실로 연결되어 있으면 좋았으련만. 나뭇가지를 타고 기어서 다른

---

13 프란츠 카프카, 앞의 책, 632~633쪽.

도서관으로 이동하고, 또 다른 도서관으로 나무를 타고 기어서 이동하다가 잠들고, 그러다가 가지에서 떨어지고. 그런데 도서관을 잇는 나무에서 떨어지면 그곳은 어디일까?

그러던 어느 날 우연히 지금 다니는 도서관을 알게 되었다. 이 도서관은 카페형인 데다 인적이 드문 곳에 숨어 있어서 사람들이 잘 모른다.

도서관은 이렇게 생겼다.

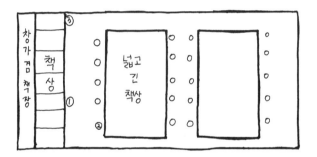

도서관에는 서가와 넓은 책상이 있다. 12시 38분. 머리를 감고 밥을 차려 먹고, 가방을 챙기고, 냉장고에서 캐러멜 마키아토 한 캔을 챙겨 집을 나선다. 내 자전거의 이름은 '잘 잔 날'이다. 잠을 잘 자고 싶어서 붙인 이름이다. 잘 잔 날의 부캐는 『해리 포터』에 나오는 빗자루 '님부스 2000'. 자전거 핸들에 매직으로 적어 두었다. 『해리 포터』OST를 들으면 빗자루를 타고 가는 기분이 든다. 세 번째 이름은 '말'이다. 이어폰으로 말발굽 소리를 들으며 자전거를 타면 (다그닥 다그닥) 말을 타고 도서관에 가는 기분을 낼 수 있다. 집에서 도서관까지는 약 1킬로미터. 자전거를 타면 칠 분이면 도착한다.

　도서관에 도착한 시각에 따라 창가에 앉기도 하고 중앙 테이블에 앉기도 한다. 일찍 도착하면 아직 해가 세지 않아 창가에 앉는다. 도서관의 벽은 통유리이며, 그 앞에 앞뒤가 뻥 뚫린 책장이 붙어 있고, 책은 창문을 등지고 띄엄띄엄 진열되어 있다. 책은 햇빛을 가리는 자외선 차단제 역할을 한다. 나는 ①에 앉아 은은한 햇빛을 받으며 일기를 쓰고 있다. 내 앞에서 햇빛을 가리고 있는 창가의 책은 후지하라 가즈히로의 『인생의 마지막 교과서』다. "지금처럼 일하면 10년 후 행복할까? 어느 날 갑자기 달라질 수는 없다. 인생이 특별해지길 원한다면, 지금부터 그 기회를 만들기 위해 준비하라. 서른과 마흔 사이, 인생의 규칙이 바뀐다."라고 책은 말하고 있다. 그 옆에 서 있는 책은 『35세 전에 꼭 해야 할 33가지 재테크』. "오늘도 늦다, 지금 바로 시작하라!" 갑자기 서른에 대한 막연한 불안이 엄습해 두 권의 책을 뒤집어 책의 얼굴이 햇빛을 정면으로 받을 수 있게 돌려놓았다. 이제 나는 책의 뒤통수를 바라보고 있다.

I시. 땀이 나기 시작한다. 햇빛이 세지자 책에 음영과 얼룩이 져 책을 읽기 어렵다. 『인생의 마지막 교과서』로도 막을 수 없는 것이 있을 때 자리를 옮긴다. ①에서 짐을 싸 ②로 잽싸게 이동한다. 그리고 본격적으로 존다. 잠을 깨기 위해 (두 번째) 커피를 타 마시고, 책을 읽다가 킬킬대며 뭔가를 끄적인다.

몇 년 전, 이 도서관에서 미뤄 두었던 숙원 사업을 한 적이 있다. 예전에 쓴 시들을 다시 읽는 것이 그것이었다. 몇 달 전에 쓴 시가 아니라 처음 시를 쓰기 시작할 때 썼던 시들을. 그 시들은 절대 읽지 않게 된다. 왜일까. 마주하고 싶지 않은 진실이 있기 때문이다. 당시 나에게는 이상한 믿음이 있었다. 내게 다음과 같은 시절이 있었다는 믿음이었다.

'뭔가를 처음 할 때, 잘 몰라서 더 잘하던 시절.'

시를 처음 접해서, 시가 뭔지 전혀 몰라서, 시에 대한 고정관념이 없어서 오히려 시를 자유롭게 쓰던 시절이 있었다고 말이다. 뭘 몰라서 더 창의적으로 쓰는 게 가능하던 시절이 있었다는 착각. 어른이 되면 아이들을 보면서 "아이들은 아직 세상의 때가 묻지 않아서, 혹은 너무 많은 것을 알지 않기 때문에 오히려 자유롭고 상상력이 풍부해."라고 말하곤 한다. 그러나…… 정말 나도 그랬던가. 때 묻지 않은 아이들이 기교에 의지하지 않아서 노래를 더 잘 부르는(혹은 그렇다고 믿어지는) 그런 시절이 내게도 있었을까? 어느 날 내가 시를 너무 기계적으로 쓰고 있다고, 혹은 머리로 쓰고 있다고, 나다운 게 다 사라졌다고 느꼈다. '시를 처음 쓸 때는 뭘 몰라서 더 잘 썼던 것 같은데! 그때는 다듬어지지 않은 거친 재능이 있었던 것 같은데!' 그건 환상이었다. 하지만 나는 은연중에 없는 과거를 향한 향수를 내버려 두었다. 거친 재능이 있었다는 환상이 깨질까 두려웠기 때문에.

묵혀 두었던 옛날 시들을 읽어 보는 데에 며칠이 걸렸다. 어디 가서 숨고 싶었다. 하지만 한편으로 후련했다. 나에게 나다운 것, 때 묻지 않아서 오히려 잘 쓰던 어린아이와 같은 시절 따위는 없었다는 것이. 처음 썼던 나의 시들이 너무 구려서 기뻤다. 깔끔하게 시작할 수 있어서. 환상에서 벗어날 수 있어서. 거친 재능을 잃어버린 줄 알았는데 애당초 그런 게 있었던 적이 없으므로. 나는 사실 아무것도 잃어버린 것이 없었던 것이다. 그리고 내가 그걸 아주 잘 알고 있었다는 것도 깨달았다.

낙엽 선생이 문득 기이하게 느껴진다. 나에게 재능이 없는데 왜 뭘 보고 내게 재능이 있다고 말해 주었던 것일까. 내가 시를 더 이상 쓰지 않겠다고 결심할 때마다(그걸 티 낸 적도 없는데) 그는 계속 쓰라고 했다. 나의 가망 없는 끄적임에서 어떻게 희망을 볼 수 있었던 걸까. 내가 보지 못하는 내 모습을 알려 주기 위해 타인이 존재하는 걸까?

아, 그날의 일기에 이런 구절도 있다.

예전에 낙엽 선생은 이런 말씀을 했다. "너는 가끔 엽기적인 시를 써. 그런데 엽기적인 고수가 있고 엽기적인 하수가 있는데, 좋은 시인이 되려면 엽기적인 고수가 되어야 한다."

저녁이 되자, ③으로 이동했다. 다시 창가에 앉고 싶기에. 밤이 되면 창에 내 얼굴이 보인다. 내 얼굴을 보며 시를 썼다.

도서관은 이렇게 생겼다 2
— 일기를 쓰면서 나는 발생한다

도서관을 지키던 사람이 떠났다. 떠나던 날 그 사람은 내가 누구인지 안다고 고백했다. 부담스러울 수도 있으니 모른 척했다고. 어떻게 나를 아는지 궁금했다. 이 도서관에 오는 사람들은 수험생이 대부분이다. 그래서 길어야 6개월에서 1년 정도 지나면 사라진다. 오던 사람이 더 이상 오지 않는다는 것은 시험에 합격했다는 뜻이다. 반대로 나에게는 합격이랄 게 (과거에도, 현재에도, 미래에도) 없으므로 계속 도서관에 와야 한다. 도서관에서 내가 읽는 책은 『1000원은 너무해』나 『나는 개다』와 같은 동화책이랄지, 『우주 저편으로 날아가자』, 『기묘한 과학책』, 『실내 건축 일반 구조학』, 『공무원 화학』, 『동물 상식을 뒤집는 책』 따위다. 따라서 아무도 내 직종을 쉽게 알아차릴 수 없을 것이다. 종일 공책에 뭔가를 끄적이다가 혼자 키득거리고, 그러다가 이내 똥 씹은 표정으로 졸다가 터덜터덜 집에 가고, 다음날 쌩쌩해져서 돌아오는 나를 보고 '저 사람 뭐 하는 사람이지?' 하고 생각한 도서관 지킴이가 내 이름을 검색해 본 모양이다.

그리고 '저 사람, 시인이라서 이상한 책을 읽는구나.' 하고 생각했을지도. 그 이후로 도서관 지킴이는 몇 년 동안 티 한번 내지 않고, 내가 작업에 집중할 수 있게 독서대도 빌려주고, 충전기도 빌려주고, 난방도 조절해 주고, 가끔은 내가 좋아하는 캐러멜 마키아토도 자리에 놔 주고, 게다가 내게 사물함을 공짜로 두 개나 쓸 수 있게 해 주었다.

도서관 지킴이가 일을 그만둔다는 소식을 듣고 나는 그에게 책과 빵을 선물했다. 그리고 눈물이 나서 돌아오는 길에 조금 훌쩍였다. 나 정말 바보구나. 왜 이런 게 눈물이 날까, 하고 생각했다. 단 한 번도 제대로 말을 나누지 않은 사람에게도 정이 들 수 있구나, 아니, 말을 나누지 않았기 때문에 생기는 정도 있구나, 하며 자전거를 타고 집에 왔다.

생각해 보면 도서관에서 나와 인사하는 사람은 도서관 지킴이가 유일했다. 나는 대부분의 사람들처럼 도서관에서 사람을 사귀지 않고, 아는 사람과 도서관에 가지 않는다. 여기서만큼은 아무도 만나고 싶지 않고, 오로지 혼자이고 싶다. 그런데 내 방에서 혼자인 것과, 낯선 사람들 사이에서 혼자인 것은 다른 외로움이다. 둘 다 혼자인 것은 맞지만, 도서관에서의 외로움은 함께하는 외로움이고, 내 방에서의 외로움은 혼자 하는 외로움이다. 전자가 있어야 후자도 견딜 수 있기에 도서관에 간다.

학교 근처 고시원에서 생활할 때는 학교 도서관을 이용했는데, 나는 도서관에서 친구가 보이면 슬금슬금 자리를 뜨곤 했다. 나 같은 인간들은 매미족이다. 예전에 읽은 신문 기사에 따르면, 매미들은 소수를 주기로 삶을 꾸려 나간다고 한다. 생애 주기를 소수로 삼으면 천적을 피하기 쉽기 때문이다. 또 다른 학설은 동종 간 경쟁을 피하기 위해 생애 주기를 조정한다는 것이다. 모든 매미의 생애 주기가 같아서 서로 겹치면 그만큼 먹이를 둘러싼 생존 경쟁이 치열해지므로, 동시에 등장하지 않는 것이 서로에게 유리하다는 것이다. 가령, 생애 주기가 13년인 매미와 17년인 매미는 221년마다 만나게 된다.[14]

요컨대 매미는 누군가와 덜 만나려고 자신의 생애 주기를 조절하는 셈이다. 대인 기피의 조상 매미 선생님. 도서관에서 나는 매미와 비슷한 상태가 된다.

---

14 이광연, 「수학산책—2,3,5,7처럼 더 이상 나눠지지 않는 수…… 유클리드가 '무수히 많다' 증명했죠」, 《조선일보》(2020년 9월 18일).

그 이유는 아마 도서관에서 종일 하는 일이 '일기 쓰기'이기 때문인지도 모르겠다. 시험공부는 친구랑 같이 할 수 있지만 일기는 친구 옆에서 쓰기 어렵다. 일기는 내가 무슨 소리를 지껄이는지 가장 치열하게 듣는 행위인데, 내가 내 목소리를 듣기 위해서는 좋은 청력이 필요하다. 고요한 공간에서 집중해서 들어야 한다. 아마 친구와 떨어져 앉아도 같은 공간에서는 일기를 쓰기 어려울 것 같다. 나에게 무심한 사람들에게 둘러싸인 공간에서 혹은 내 방에서만 일기를 쓸 수 있다. 나는 일기를 쓰면서 발생한다.

　예전에 태국을 다녀온 뒤로는 해외에서 살고 싶어졌다. 카페에서 글을 쓰다가 화장실에 갈 때 일기장을 덮거나 뒤집지 않아도 되기 때문이다. 한글을 쓰는 사람은 나뿐일 테니, 일기장을 도난당해도 상관없고 누가 일기장을 훔쳐봐도 무슨 말인지 모를 테니 말이다.

　어차피 블로그에 올리거나 발표할 글인데, 왜 쓰는 순간에는 누가 보는 것을 경계하는 걸까? 내 친구 '목이 따뜻한 곰'이 말하길, 일기를 쓰고 있을 때 누가 들여다보는 건 옷을 갈아입고 있는데 쳐다보는 것이고, 일기를 다 쓰고 보여 주는 건 옷을 다 입고 보여 주는 거란다.

　그럼, 글의 내밀성이란 게 있다면 글의 외밀성도 있을까? 옷을 갈아입는 모습을 전시하는 행위 예술적 글쓰기가 있다면 그건 글의 외밀성이라고 칭할 수 있을까? 언젠가 인스타그램 라이브로 일기 쓰는 과정을 편집 없이 상영해 보는 것도 참 좋을 것 같다는 생각은 (전혀) 들지 않았다.

사람들은 각자의 내밀성을 어떻게 보존하며 일상을 꾸려가는 걸까?

네이버 블로그 맞춤법 검사기에 따르면 '내밀성'은 사전에 없거나 표준어가 아니다. 검사기는 '내밀성'을 '내미래성'으로 수정하도록 추천한다. 사실 둘은 같은 개념이다.

도서관 퇴근 시각 : 오후 10시 42분

선 넘기는 기본 메뉴, 박기는 사이드 메뉴

흡연구역(친구의 이름)과 운전면허 장내 기능 교육을
받으러 갔다. 운전면허 필기시험을 치르면 장내 기능 교육을
받게 된다. 장내 기능. 빨리 발음하면 장 기능. 소화와 모종의
관련이 있는 게 분명하다. 운전석에 타자 점심에 먹은
떡볶이가 얹힌 것으로 봐서.

운전면허 학원에는
커다란 기능장이 있다.

확실히 내장 기관 같이 생겼음↗

I'm 기능장

출발-경사로-좌회전-
교차로(직진)-직각 주차-
교차로(좌회전)-가속 구간-종료

여기서 네 시간의 장 기능 강화 운동…… 아니, 장내 기능 교육을 받고 시험을 치른다. 그다음은 실전인 도로 주행이다.

대기실 벽 의자에 앉아 기다리자 선생님들이 스멀스멀 모습을 드러냈다. 나는 그중 등 운동을 하는 할아버지를 눈여겨보고 있었다. 그는 어느새 의자 위로 올라갔다가 조용히 뛰어내렸고 힘겹게 다시 의자에 올라갔다가 사뿐히 뛰어내렸다. 그는 일명 '허벅지, 힙 근육 운동'을 하고 계셨고, 나는 왠지 저분만 아니면 괜찮을 것 같다고 생각했으며 (따라서) 그분이 내 담당 선생님이 되었다. 나는 할아버지 선생님을 따라 장내 기능 교육차에 탑승했다.

운전석에 타니 내가 얼마나 체구가 작은지 느껴졌다. 맨 처음에는 시동 켜는 법을 배운다.(시동 켜는 방법을 배운 이후에는 가스레인지를 켤 때마다 차 모는 기분이 들어서 신난다. 시동을 잘 켜면 가스레인지 불도 잘 켜게 될 것이며 당신의 계란 프라이는 미묘하게 고급진 맛을 낼 것이다.) 그런데 선생님은 시동을 켤 때 키를 너무 오래 잡고 있으면 엔진(?)이 타 버린댔다. '시동만 걸다가 죽을 수도 있구나! 적당히 잡고 있다가 놓아야 되겠어.' 문득 내 머릿속엔 누군가와 손을 너무 오래 잡고 있었던 어떤 장면이 떠올랐다. 사람의 손도 너무 오래 잡고 있으면 둘 중 하나가 타 버리기도 한다. 손을 잡는 것은 관계의 시동을 거는 행위인데 손 궁합이 잘 맞아야 관계도 오래간다. 일전에 한 친구가 말했다. 손을 한번 잡아 보면 오래갈 사이인지 점칠 수 있다고. 연애할 때는 온종일 손잡고 다니다가 결혼하면 손부터 놓는 일명 '손 조루족族'은 옷깃만 스쳐도 안 된다고, 친구는 말했다. 그런데 언제부터 연인들은, 부부는 손을 잡지 않는 걸까? 손도 잡을 수 있는 양이 정해져 있어서 너무 오래 잡으며 엔진처럼 타거나 닳나. 그 이상으로 잡아 버리면 손 탈진, 손 고갈이 오나. 삼촌 부부, 고모 부부. 그들이 손잡는 모습은 한 번도 본 적이 없다. 연인들은 손을 잡는 사이고, 부부는 손 놓는 사이인가? 손을 너무 많이 잡고 나면 '이제 잡을 만큼 잡았지.' 하고 생각하게 되는 걸까? 그럼 '이제 안 잡을 때도 됐지.'라는 암묵적인 합의는 언제 이루어지는 걸까? 애를 낳으면 자연히 손을 덜 잡게 되나? 그리고 한번 놓으면 다시 못 잡게 되나? 그럼 밀린 손잡기를 노년에(는) 하게 되나?

　시동. 시동. 연인들은 만나면 자연스럽게 손을 잡는다. 차를 타면 시동을 켜듯이.

　조수석에 앉은 선생님은 뭔가를 열렬히 설명했다. 그는 밑 빠진 문보영 독에 물 붓기를 하고 계셨다. 의자 아래 숨겨진 쇠를 당겨서 시트 포지션 정하기. 방향 지시등 켜기. 와이퍼 조작하기 등. 선생님은 내가 오른발로 밟고 있는 게 브레이크라고 했고, 조수석과 운전석 사이에 있는

브레이크와 그 옆에 있는 보조 브레이크를 설명했다. "그리고
또 하나 더 있어. 그런데 그건 안 보여." 선생님이 말했다. 안
보이는 신비의 브레이크가 하나 더 있다는 거였다. 정지라는
동작은 이렇게 여러 개의 장치가 필요한 무엇이었다.
'자동차의 내면에도 멈추는 장치가 있다니, 나도 있는데!'

　　보조 브레이크를 올릴 때는 팔 힘이 부족해서 두 손으로
올려야 했다. 그러자 할아버지 선생님은 "여자애들은 이것도
못 하더라. 공주같이 자라서 그래." 혹은 "지난번에 어떤
여자애는 좌석 벨트를 안 매서 실격당했는데 엄마가 와서
따졌다니까, 쯧쯧." 등의 공주 발언을 하셨으므로 그분을
조수석 왕자라고 부르기로 한다…….

　　드디어 출발. '선 넘기'는 기본 메뉴, '박기'는 사이드
메뉴였다. 조수석 왕자는 도로에 정차하더니 차 문을 열어
내게 보여 줬다. 돌돌 만 전단지로 도로변의 돌을 탁탁 치며
"이거 연석이야. 연석~! 박으면 안 돼."라고 말했다. 나는
식은땀을 흘리며 더 열렬히 선을 넘었고…… 그 시각 내 친구
흡연구역도 같은 타박("아니, 왜 이렇게 선을 넘어!")을 받고
있었으며, 그녀는 약간 찔려서 "제가 원래 선을 잘 넘어요~
그게 제 장기예요."라고 응수했다고 한다. 경사로를 지나,
좌회전을 한 뒤 교차로를 지나서 직각 주차를 하고 가속
구간을 달리면 한 바퀴가 끝난다. 내비게이션 모양 시험기가

시시각각 나를 채점하고, 내가 (인간) 실격임을 알려 준다.(난 문자이 오사무.) 원리를 이해하지 못한 채 공식(어깨를 노란 선에 맞추고 핸들을 한 바퀴 반 돌리기 등)만 외우려고 하니 운전 실력이 늘지 않았다.

특히, 오른쪽을 보는 것은 고역이었다. "오른쪽 봐야지 오른쪽!" 왕자님이 외쳤다. 살면서 오른쪽이 이렇게 어려운 건지, 오른쪽이 그토록 먼 곳이었는지 처음 알았다.(오른쪽은 남의 나라. 창밖에 밤비가 속살거리는데……) 정면 보기도 벅찬데 어떻게 오른쪽도 보고 왼쪽도 봅니까. 눈이 이마에 하나 귀에 두 개 달린 것도 아닌데 엉엉.(배우는 과정에 필연적으로 우는 과정이 포함되어 있다면 '배우다'의 기본형을 '배울다'로 수정합시다.)

교차로에서 좌회전을 할 때였다.

"꿩이다!"

꿩을 목격해 신난 왕자가 외쳤다. 왕자는 앞 유리 쪽으로 몸을 약간 숙이고는 저 멀리 풀숲(트랙 바깥)에서 은은하게 빛나는 꿩을 가리켰다. "보여? 봤어?" 왕자가 부추겼다. 나는 오른쪽(꿩이 있는 동북 방향)으로 고개를 돌리지 않고, 눈알이 차창에 접착된 것처럼 정면만 응시했다. 정면에서 시선을 떼는 순간 골로 갈 것 같아서. 그러자 왕자는 둘둘 만 전단지로 내 어깨를 툭툭 치더니 꿩을 보라고 했다. 내 생각엔 그게 운전면허 교육의 가장 중요한 부분인 듯했다.
과감하게 보기. 보는 것을 두려워하지 말고 고개 꺾기.
그래서 나는 봤다. 그리고 깨달았다. 카멜레온의 눈처럼
인간의 두 눈도 개인플레이를 할 수 있다는 것을.(비슷한
장면을 시트콤「하이킥! 짧은 다리의 역습」에서도 보았는데) 죽을
위기를 느끼면 인간의 한쪽 눈깔은 정면을, 좌측 눈깔은 동북
방향을 볼 수 있다. 다음과 같이……

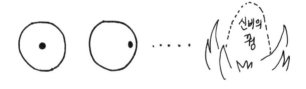

나는 죽음의 좌회전을 하고 다시 열렬히 선을 넘으며 시속
10킬로미터로 달렸다. "아이고야. 망했다아. 어떡하냐~~"
왕자의 탄식. 그러나 그는 포기했는지, 내가 주차를
못하자 "좀 박아도 돼. 어차피 밥 먹고 차만 고치는 사람
있어~~"라고 위로했다. 그리고 나중에는 "그냥 손등에
다 써 놔아."라고 말하며 급기야 시험 커닝을 유도했으며
(아니 교사가 학생에게 커닝하라고 하다뇨. 나를 너무 포기한
거 아닙니까!) 나는 슬퍼했다. 그때, 풀숲에서 고양이가
나타났다. 고 왕자가 말했다.(물론 나는 볼 수 없었음.)

"아이고오! 우리 꿩 오늘 제삿날이네!"

왕자의 탄식이 장내에 울려 퍼졌다. 나는 과연 남은 여섯 시간, 왕자를 태우고 안전한 운전을 해낼 수 있을까? 그리고 우리의 꿩, 죽음을 면할 수 있을 것인가.

운전 중이므로 나중에 연락드리겠습니다

흡연구역과 운전면허 기능 시험을 보러 갔다. 흡연구역은
발을 동동 구르며 불안해했다. 나는 네 시간의 수업 이후
약간 자신감이 붙어 친구의 불안을 달래 줄 수 있었다.
우연히도 흡연구역 뒤가 내 차례였다. 그녀가 호명되고
곧이어 내 이름이 호명되었다. 그때, 모르는 번호로 전화가
왔기에 나는 "운전 중이므로 나중에 연락드리겠습니다."라는
문자를 보내며 흐뭇해했다. 이게 운전자의 기쁨인가.
흡연구역 먼저 기능 시험 차량에 탑승하고, 곧이어 나도
탔다.

시험기에서 지시 사항이 흘러나왔다.

"지금부터 시험을 시작하겠습니다. 기어 변속 능력을
점검합니다. 십 초 내에 기어를 드라이브에 놓았다가 다시

파킹 위치로 전환하세요."

뭔가 이상했다. 기어가 말을 듣지 않았다. 게다가 차체가
이상한 소리를 내며 뜨거워졌다. 브레이크를 밟으면서
기어를 조작해야 하는데, 엑셀을 밟은 채 기어를 조작하고
있었던 것이다. 그렇게 출발하기도 전에 실격당할 뻔했다.
가까스로 출발 후(이미 멘붕에 가슴이 콩닥거렸음) 아슬한
주행이 시작되었다. 그때, 내 앞에서 주행하던 차가
경사로에서 연석을 들이박아 실격을 당했다. '어떻게 저길
박지? 적어도 나는 저 정도는 아니지.' 하고 위안을 삼았는데,
운전석에서 내린 사람은 내 친구 흡연구역. 곧이어 나도
경사로로 진입했고, 나는 '어떻게 저길 박지?' 하고 의문을
표했던 바로 그 지점을 들이박았으므로, 친구가 똥 싼 곳에
똥 싸다 걸린 기분이 들었으며 "십칠 호 차 실격입니다."라는
방송이 장내에 흘러나왔다. 실격을 당하면 그 자리에
주차하고 내려야 한다. 기능장에 배치된 안전요원이
달려와 "주차 브레이크 넣고 내리세요." 하고 말한다. 왠지
체포당하는 기분이 든다. "무기 버리고 손 드세요." 뭐 그런
느낌? 나는 주차 레버를 내리면서 다시 엑셀을 밟아(나는
엑셀파인가……) 들이박은 곳을 다시 박으며 연석을 올라
장내를 술렁이게 했고…… 선생님이 "아니 아니!! 브레이크
브레이크!" 하고 소리쳤다. 체포당하는 기분도 더러운데,

현장에서 도주하려는 혐의까지 받은 셈. 나는 가져오지도 않은 모자를 애타게 찾았다. 그렇게 시설물 파괴범은 순순히 차에서 내렸고, 기능장 바깥에 서 있던 현행범 흡연구역은(어차피 나도 금방 떨어질 거라 생각했으므로 어디 멀리 안 가고 있었다고 함) 부처처럼 온화한 미소를 머금은 채 나를 향해 손을 흔들었다. 나는 연석을 넘어 흡연구역에게 달려갔고, 그렇게 시설물 파괴범들은 쪽팔림을 웃음으로 감추며 빠르게 기능장을 벗어났다. 그때 구석에 옹기종기 모여 시험을 구경하던 선생님들이 우리를 보며 "아, 둘이 친구야?"하고 물어서 우리는 동시에 "아니요." 하고 대답했다.

　　우리는 재시험을 등록(4만 5000원…… 운다.)하러 접수실로 갔다. 흡연구역은 서울에서 못 따겠다며 환불받고 경기도 포천에 있다는 '너도 딸 수 있다 운전면허'라는 이름의 운전면허 학원에 등록했다. 과연 '너도 딸 수 있다 운전면허 학원'은 '서울에서 운전면허 따기 쉬울 것 같으십니까?' 따위의 문구로 사람들을 유혹했다. 그러나 과연 서울이어서 실패한 걸까? 적어도 여기서는, 서울이라 떨어졌다는 존재의 감춤을 누릴 수 있다. 그렇게 흡연구역은 대학 MT를 가듯 저 멀리 지방으로 떠났고 나는 외롭게 재시험을 보러 갔다. 그리고 선을 너무 많이 넘어서 다시 실격, 아니 체포당했고, 선생님이 내게 운전석에서 내려 뒷좌석에 탑승하라고 하셨다. 선생님은 나를 태운 기능 차를 출발선으로 데려다주었다. 그리고 알다시피 새 출발은 4만 5000원이 든다. 나는 세 번째 시험을 등록하고 기능장을 떠났다.

돌아오는 길에 나는 몸 상태가 별로 좋지 않았다. 운전면허에서 또 떨어져서가 아니라 다른 이유 때문인 것 같았다. 익숙한 공간을 떠나고, 반복된 일상에서 벗어나 다른 일을 해서인 것 같았다. 드라마 「그레이 아나토미」에 나오는 알렉스의 어머니는 오래전부터 조현병을 앓았다. 어려서부터 그런 어머니를 돌보며 살던 알렉스는 의사가 되어 시애틀로 거처를 옮긴 뒤에는 어머니와 연락을 거의 하지 않게 된다. 그러던 어느 날, 알렉스는 통장을 확인하다가 그가 주기적으로 부친 돈을 어머니가 한 푼도 쓰지 않았다는 사실을 발견한다. 알렉스는 걱정이 되어 몇 년 만에 어머니를 찾아간다. 그런데 놀랍게도 어머니는 영 다른 사람이 되어 있었다. 병이 완전히 나았던 것이다. 그런데 석연치 않은 점이 있었다. 그녀는 아들을 알아보고 진심으로 기뻐했지만 그게 다였다. 그녀는 지인을 대하듯 형식을 갖춰 반가움을 표한 뒤, 도서관에 출근을 해야 한다며 가 버린다. 그리고 알렉스가 도서관에 찾아가자

그녀는 집에 가야 한다며 버스를 타고 가 버린다. 알고 보니
그녀가 알렉스를 일부러 피하는 것은 아니었다. 규칙적인
일상을 강박적으로 유지하는 것만이 조현병의 재발을
막는 방법이었기 때문이었다. (의학적으로 근거가 있는지는
모르겠지만) 그녀가 우연히 나아진 후, 그 상태를 유지하는
비법은 절대로 딴짓을 하지 않는 것, 변수를 허락하지 않는
것, 매일매일 같은 일과를 소화하는 것이었다. 같은 시각에
기상해 아침을 먹고, 볼일을 보고 샤워를 하고 같은 버스를
타 도서관에 가고, 사서 일을 하고, 같은 시각에 같은 버스를
타고 귀가해 똑같은 일을 하고 잠드는 것. 정해진 동선을
절대로 이탈하지 않는 것. 반복되는 행위와 동일한 패턴을
유지하는 것이 그녀가 미치지 않도록 도와준다는 것이었다.
여기서 조금이라도 벗어나거나 요소를 빠트리거나 뭔가가
틀어지면 예의 그 무서운 병이 그녀를 다시 찾아올 것이고,
그녀는 자기 자신이 아니게 될 것이며, 다시 돌아오기
어려울 거라고 그녀는 생각했다. 변수에 대한 면역이 제로인
상태랄까. 따라서 그녀는 일체의 변수를 허락하지 않았고,
아들이라는 변수가 찾아오자, 미안하다며 그를 돌려보낸다.

　　이 에피소드를 보면서 나는 작은 충격을 받았다. 사실
그녀의 일과가 숨 막힐 만큼 같은 트랙을 도는 것으로

보일지도 모르지만, 그건 오해인지도 모른다. 삶은 변화로 충만하며(혹은 충만해야 하며), 우리는 변화를 기꺼이 맞이해야 하고, 새로운 경험이 우리를 성장시키고 단단하게 해 줄 거라는 말이 항상 맞지는 않기 때문이다. 며칠 전 넷플릭스에서 감명 깊게 본 공포 드라마「힐 하우스의 유령」에는 이런 장면이 있다. 루크는 약물 중독 치료 모임에서 만난 조이를 형 부부에게 소개한다. 그 자리에서 루크의 형 스티븐과 조이는 이런 대화를 나눈다.

스티븐: 중독 치료는 처음이에요, 조이?

조이: 처음은 아닌데요, 치료 시설에 중독되는 사람들도 있잖아요? (웃음)

스티븐: 루크도 처음이 아니죠. 그래서 이번엔 뭐가 다르죠? 뭔가 달라야 할 텐데. 왜, '미친 짓'의 정의 알잖아요. 다른 결과를 기대하면서…….

조이: 같은 짓을 계속 반복한다. 네, 잘 알아요. 전부 다르긴 하지만요. 매일이 다르고 매번 갈망이 다르고 매번 믿음이 달라요.

스티븐: 조이가 진지하지 않다고 얘기하려는 건 아니에요.

조이: (걱정하지 말라는 뜻으로 손사래 치며) 전 그냥…… 이번에는…… 이건 제 생각이에요. 저는 많은 도움을 받았고

많은 도움을 주고 있어요. 그러니까 스티븐 말도 일리는 있어요. 같은 일의 반복처럼 보이겠지만 미친 짓이 아니에요.

스티븐: 그럼요.

조이: 그럼 회복은 뭘까요? 같은 일을 반복하는 거예요. 그 결과가 어떻더라도. 되돌아가더라도, 완전히 되돌아가더라도. 조금 되풀이된다고 해서 멈추는 게 아니에요. 하루씩 가는 거죠.

같은 일을 반복하는 것이 회복이라는 조이의 말에 울컥했다. 나는 이따금 나를 시험한다. 새로운 경험을 얼마나 잘 받아들이는가. 변수에 얼마나 덜 취약해졌나. 이런 척도로 내가 얼마나 건강해졌고, 회복했는지 가늠한다. 가령, 사람을 만나러 나가기, 새로운 장소에 가기, 낯선 사람들과 새로운 취미 배우기, 운전면허 따기, 여행하기, 새로운 도전하기. 나는 나를 익숙하고 안전한 마을에서 벗어나 낯선 공간으로 모험을 보낸다. '이 정도 약속은 괜찮겠지, 집에서 이 정도 벗어나는 건 괜찮겠지…….' 하고. 그런데 회복이 되지 않은 상태에서의 새로움은 준비운동을 안 하고 수영장에 들어가는 것과 비슷하다.

약속을 어려워하고, 새로운 자극을 힘들어하고, 낯선 사람을 만나는 일을 어려워해도 괜찮다. '새로운 경험'과 적성이 안 맞아도 자신을 탓할 필요가 없다. 나는 평소

쳇바퀴 같은 일상을 살아간다. 12시 즈음 기상, 머리를 감고 밥을 먹고 휴대폰은 침대에 던져둔 뒤, 냉장고에서 캐러멜 마키아토 한 개를 꺼내, 자전거를 타고 도서관에 가서, 해 비치는 자리에 앉아 가방을 풀고 일기장과 책을 꺼낸 뒤 캐러멜 마키아토에 빨대를 꽂는다. 이 작은 요소들은 정신의 체인을 이루는 중요한 요소들이다. 그런데 오랜만에 마을을 벗어나 도서관에 가는 대신 다른 걸 해 보려고 했다. 낮에 도서관에 가는 대신 다른 것을 했다. 운전면허 학원에 가기, 필라테스 배우기, 친구 만나기, 동네 벗어나기, 외부 일정 소화하기. 그런데 회복되기는커녕 불편하고 성가신 불안만 커졌다. 설명하기 어려운 여파가 남고, 그 여파를 통과하기까지, 그리고 다시 일상을 재건하기까지 늘 시간이 많이 소요된다.

개인이 각자의 정신이 미치지 않도록 기울이는 노력의 형태는 조금씩 다를 것이다. 글만 쓰면 안 된다고, 새로운 경험이 글의 밑천이 될 거라는 말은 반만 맞다. 글쓰기는 도자기 빚기와 같다. 도자기를 빚을 때, 물레는 계속 비슷하게 돈다. 도는 행위는 유지되지만, 미묘한 손길에 변화를 줌으로써 도자기의 형태와 아름다움이 빚어진다. 그러므로 도자기를 빚는 인간에게 왜 자꾸 도냐고, 왜 자꾸 똑같은 동작만 반복하냐고, 그만 돌고 새로운 것을 하라고 말하는 것은 이상하다. 그 사람은 거대한 반복 안에서 자신만의 내밀하고 중요한 차이를 만들어 내고 있기 때문이다. 새로운 것을 시도하라는 주문이나 새로운 것을 향해 뛰어들라는 유혹은, 겉으로 보기엔 아무것도 안 하는 사람이 내면에서 발생시키는 실질적인 새로움을 보지 못하는지도. 내향적인 아이의 성격을 외향적인 성격으로, 적극적인 성향으로 억지로 바꾸려고 하는 것과 같이. 내가 낯을 조심하고, 새로움을 받아들이지 않는다는 혐의를 받으면서까지, 고지식할 정도로 같은 일상을 유지하는 것은 외부 활동이나 새로운 자극보다, 책상에 앉아 책을 읽으며 그리고 글을 쓰며 생산해 내는 새로움이 그것을 종종 뛰어넘기 때문이다. 그러니까 결론은……

　운전면허를 따러 가기 싫다는 변명문을 이렇게나 길게 쓴 것이다. 문보영은 편집자에게 이 원고를 넘기는 그날까지도 운전면허를 따지 못했다고 한다…….

예술가의 똥

내 방은 이렇게 생겼다.

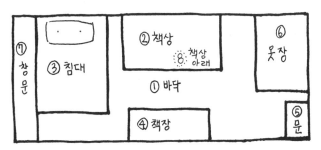

새벽 5시다. 가족은 모두 잠들었고 나 홀로 깨어 있다. 나는 책상 아래 ⑧에서 천사 조각을 꺼내 소중히 들여다보고 있다. 그때, 인터폰에서 "가족분이 도착했습니다."라는 알람이 울렸다. '누가 아직 안 들어왔나? 아까 다들 들어왔는데? 아니면 누가 새벽에 잠시 나갔었나?' 나는 의아했다. 가족이 도착했다는 알람이 뜨려면 누군가 1층 공동 현관 비밀번호를 눌러야 한다. 누가 1층 현관 비밀번호를 알아낸 것인가? 더 큰 문제는 우리 집 현관문 비밀번호가 공동현관 비밀번호와 같다는 사실이다.(엄마의 '등잔 밑이 어둡다는 세계관'에 따라 지은 비밀번호) 방금 도착했다는 가족이 우리 중 하나가 아니라면, 그 사람은 우리 집 문을 따고 들어올 수도 있다. 나는 방에서 나와 가족들이 모두 집에 있다는 사실을 확인했다. 등골에 소름이 끼쳤다. 나는 허리를 구부리고 (내가 도둑도 아닌데) 살금살금 걸었다. 그때, 복도의 문이 열리는 소리가 들렸다. 누군가 문 앞까지 왔다. 그런데 문을 열지는 않고 부스럭거리고 있다. 나는 놀란 가슴을 진정시키며 몽둥이 하나를 들고 현관으로 가까이 다가갔다. 떨리는 손으로 걸쇠를 걸고, 구멍을 통해 밖을 내다보았다. 누군가 허리를 구부린 채 부스럭거리고 있었다. '바지 내리는 건가? 뭐지?' 그 사람은 정말 바지를 내리고 있었다. 그런데 바지 안에 또 다른 바지가 있다. 그리고 다시 바지를 벗었는데 그 안에 다시 바지가⋯⋯. 그 사람은 겸허하게 고개를 든다. 뇌이쉬르마른이다. 나는 가슴을 쓸어내리며 문을 열어 주었다.

　뇌이쉬르마른은 내 방으로 들어와 창문으로 나간다.

뇌이쉬르마른은 들어온 곳으로는 절대로 나가면 안
된다는 세계관을 가지고 있기 때문에. "시 쓰고 있었어?"
뇌이쉬르마른이 묻는다. "응, 시 비슷한 거." 그러자
뇌이쉬르마른은 외투에서 두꺼운 책을 한 권 꺼내더니
담배에 불을 붙여 책 귀퉁이에 연기를 피웠다. "뭐 하는
거야!" 나는 나도 모르게 책상 위에 놓인 물컵을 잡아 (책이
아니라) 뇌이쉬르마른의 얼굴에 뿌릴 뻔했다. "쉬쉬……
조용……. 담배가 책을 읽고 있어……!" 뇌이쉬르마른이
진지하게 말한다. "내 방에서 나가 줘……." 나는 부탁했다.
그러나 뇌이쉬르마른은 자기가 나가고 싶을 때 나간다.
그리고 그것은 내 의지와 무관하다. 뇌이쉬르마른은 다
피운 담배를 바닥에 던지고 그것을 축축한 맨발로 비벼
끄며 말했다. "네가 시를 쓰고 있어서 말인데 재미있는
이야기 하나 들려줄까? 북유럽 신화를 공부하다가 알게 된
이야기야."

　뇌이쉬르마른이 들려준 이야기는 다음과 같다.

　"신화의 인물 크바시르는 여행 중 난쟁이 피얄라르와
갈라르를 만났어. 그들은 크바시르를 죽여 거꾸로 매단 뒤,
커다란 두 개의 통에 피를 받아 꿀을 섞어 꿀술을 만들어.
술의 이름은 '시인의 꿀술'이야. 시인의 꿀술을 마시면, 시의
재능과 학문의 재능을 얻게 되거든. 그들은 거인 길링과 그의

아내도 초대해 죽여. 그리고 날마다 지붕 위에 올라 아름다운
시를 서로에게 들려주며 행복하게 살아. 그러던 어느 날
길링의 아들 주퉁(그도 거인이야.)이 부모의 원수를 갚기
위해 찾아와. 난쟁이들은 주퉁에게 시인의 꿀술을 빼앗겨.
그리고 주퉁은 시인의 꿀술을 산속에 보관하고 자신의 딸
군로드에게 지키게 해. 그런데 시인의 꿀술이 탐난 신 오딘이
군로드를 꼬드겨 꿀술을 다 마셔 버려. 그리고 독수리로
변신해 도망치는데, 분노한 주퉁도 독수리로 변장하고 오딘을
잡으러 날아가. 엄청난 추격전이 이어지지. 그런데 결국
놓쳐. 오딘이 신들이 사는 세계인 아스가르드에 도착하기
바로 직전에 놓친 거야. 오딘이 시똥방귀(꿀술 물방귀)를
뀌어서 주퉁을 따돌리거든. 오딘이 마신 시인의 꿀물을
항문으로 쏜 거야. 음…… 시 배설물로 적을 물리쳤달까?
그래서 주퉁은 시꿀술방귀, 시똥방귀에 맞아 나가떨어지고,
오딘은 아스가르드에 안전히 도착해. 그리고 아까 말했잖아?
오딘은 술을 통에 담아 오지 않고 본인이 다 마셨다고. 그래서
시인의 꿀술을 뱉어(먹뱉의 시초) 세 개의 통에 나눠 담아.
그 이후 인간들이 시와 이야기와 전설을 짓게 되었다고 해.
그러니까 시에는 두 가지 버전이 있는 셈인데(먹고 뱉은
거랑 항문으로 쏜 거), 훌륭한 시를 쓰는 자는 오딘의 술(뱉은
거)을 맛본 자라고 하고, 엉터리 시를 쓰는 이들은 두 번째

꿀술인 시똥방귀(뀐 거)에 맞은 자라고 부른다고 해. 일명
항문으로 발사한 항문 시에 맞은 자. 그러니까 정통 시와
헛소리 시로 나눠졌달까…… 이러나저러나 이 신화에 따르면
시는 먹뱉이거나 방귀이거나 일종의 배설물 혹은 구토물인
셈인데…… 과연 먹뱉이 배설물보다 위생적이고 고귀하다고
할 수 있을까. 그러니까 시란…… 시란……."[15]

　　그런 말을 하면서 뇌이쉬르마른은 침대에 앉아 책에서
나는 연기 냄새를 한 번 맡고 창으로 고개를 돌렸다.
그러더니 창밖에서 누가 자신에게 인사를 한다며, 이제 그
사람과 놀러 가겠다고 했다. 뇌이쉬르마른은 오늘도 창문을
열고 독수리처럼 날아갔다.

　　나는 방에 홀로 남아 오딘의 시 방귀를 떠올리다가,
언젠가 우기가 내게 보내 준 「똥도 잘 싸면 예술이 됨」이라는
게시물을 기억해 냈다. 똥이 담겨 있는 납작한 통조림
사진이었다. 통조림의 이름은 「Artist's shit」. 이탈리아의
전위예술가 만초니는 1961년, 자신의 똥을 90개의 작은
깡통에 밀봉하여 출품한다. 통조림 옆면에는 "예술가의 똥,
정량 30그램, 원상태로 보존됨(freshly preserved), 1961년 5월

15　닐 게이먼, 박선령 옮김, 『북유럽 신화』(나무의철학, 2019) 참고.

생산되어 깡통에 넣어짐."이라는 문구가 4개 국어로 새겨
있다. 만초니는 자신의 똥값을 당시 같은 무게의 금값과
똑같이 매겼다. 1961년 35달러였던 작품은 2016년 약 2억
7000만원에 낙찰되었다. 게시물의 댓글을 읽어 보니 야유가
가득하다. '한심하다', '똥 포장', '똥 미리 많이 싸 두자',
'유명해지려면 똥 싸라던데', '나도 만들겠다' 등의 댓글이
대부분이다. 후문에 따르면, 만초니의 아버지가 만초니에게
'네 작품은 똥이야!(Your work is shit!)'라고 말했고, 그 말에
발끈한 피에로 만초니는 똥이 담긴 작품을 만들기로
결정했는데, 마침 아버지가 통조림 공장을 운영하고 있어서
아버지 공장에서 통조림을 가져다 사용했다고 한다. 그런데
그 안에 있는 것이 만초니의 똥이 아니라 회반죽 덩어리라는
소문이 무성했다. 하지만 똥조림의 가격이 억대가 되면서,
그것을 오픈하는 것이 작품을 손상하는 일이 될지도
모르고, 열었는데 똥이 아니라 회반죽이 나오면 작품의
가치가 하락할 수도 있으니 개봉을 미루었다고 한다. 어떤
댓글에 따르면 한 용감한 구매자가 똥조림을 까서 열어
봤는데 그 안에 또 다른 통이 들어 있었다고 한다. 찾아보니
사실이었다. 궁금증을 이기지 못해 결국 1989년 한 미술
단체가 캔을 오픈했는데, 그 안에 또 다른 통조림이 들어
있었다. 그러나 그들은 통조림 안에 든 통조림을 열지 않기로

결정했고, 그 덕에 똥의 정체는 보호되었다.[16] 나의 똥도 예술 작품이 될 수 있을까. 그럴 수는 없을 것이다. 똥이 예술 작품인 것이 아니라, 그가 자신의 똥을 예술 작품이라고 호명했기 때문에 예술 작품이 된 것이므로.

카프카의 소설 「요제피네, 여가수 또는 쥐의 종족」에는 요제피네라는 쥐가 나온다. 그녀는 노래를 아주 잘하는데, 자세히 들여다보면 그녀는 그저 찍찍거리고 있을 뿐이다. 화자인 다른 쥐가 보기에 그녀의 찍찍거림은 쥐라면 다 하는 찍찍거림이다. 다만, 그녀가 찍찍거림을 작정하고 '노래'라고 생각하고, '노래'라고 호명하고 그렇게 믿었기 때문에 그것은 엄청나게 멋진 노래가 된다. 찍찍찍찍……. 다른 쥐들은 찍찍거리는 그녀의 노래를 경청하는데, 어떤 작은 쥐가 관중석에서 찍찍거리기 시작한다. 그러자 화가 난 다른 쥐들이 찍찍거리는 것으로 그 훼방꾼을 내쫓아 버린다. 이 세 종류의 '찍찍거림'은 사실 같은 것이지만, 요제피네의 찍찍거림만 노래로 받아들여진다. 그것은 요제피네의 '태도' 때문이다.

여기서 중요한 것은, 그녀의 찍찍거림은 쥐들의 습관적인 찍찍거림이 아니라는 점이다. 그녀는 찍찍거릴 필요가 없는데도 찍찍거린다. 그것은 찍찍거림의 본래 기능에서

---

16 https://blog.naver.com/yosueusu/221640430599 참고.

벗어난 잉여의 찍찍거림이자, 불필요한 찍찍거림이며 생존과 무관한 찍찍거림이다. 그녀는 찍찍거릴 때 '작은 머리를 뒤로 젖히고, 입을 반쯤 벌리고, 두 눈은 높은 곳을 향하고' 찍찍거린다.[17] 그 때문에 그녀의 찍찍거림은 다른 쥐들의 찍찍거림과 다르다. 따라서 "그녀의 예술을 이해하려면 그녀의 노랫소리를 듣는 것뿐만 아니라 그녀를 보는 것도 필요하다."[18] 다른 쥐가 요제피네를 따라 해 봤자 소용없을 것이다. 뒤샹이 변기를 예술이라고 호명한 것과 같이. 그녀의 예술작품은 찍찍거림이 아니라 찍찍거림을 예술이라고 우긴 행위이고, 그것을 첫 번째로 우겼다는 사실 자체가 작품이기 때문이다. 변기가 예술 작품인 게 아니라, 변기가 예술 작품이라고 우긴 행위가 예술 작품인 것처럼. 요제피네의 노래 실력이 예술이 아니라 찍찍거림이 예술 작품이라는 그녀의 '생각'이 예술 작품이었던 것이다.

이 작품에는 이런 문장이 나온다.

바로 그 통상적인 짓을 하려고 누군가가 엄숙하게 격식을 차리고 나서는 어떤 진기함이 존재한다. 호두 한 개를 딱 소리

---

17 프란츠 카프카, 앞의 책, 362쪽.
18 위의 책, 358쪽.

나게 깨뜨리는 것은 진실로 예술이 아니다. 그렇기 때문에
아무도 감히 관중을 즐겁게 해 주기 위해 관중을 불러 모아 그들
앞에서 호두 까기를 할 엄두를 내지는 않을 것이다. 그런데도
만약 누군가가 그런 일을 해서 자신의 의도를 실행에 옮기는
데 성공한다면, 그것은 물론 절대로 단순한 호두 까기의 문제일
수만은 없는 것이다. 또는 문제가 되는 것은 호두 까기이고,
우리가 호두 까기 예술을 매끄럽게 잘해 냈기 때문에 그 예술을
못 본 척 무시해 버렸다는 사실, 그리고 이 새로운 호두 까는
자가 비로소 우리에게 그 예술의 본질을 보여 주고 있다는
사실이 명백하게 드러난다.[19]

나는 가끔 생각한다. 아직 시라고 부르지 않는 것을
시라고 호명할 때 그것은 시가 될 수 있지 않을까 하고. 나는
뇌이쉬르마른이 떠나고 「소중하고 아늑한 쥐」라는 제목의
시(?)를 썼다. 최근 일기를 들춰 보니 다 이런 식이다.

오늘은 「그렇게 생각 안 했어」라는 제목의 시(?)를 썼다.
오늘은 「사나워 보이는 행운」라는 제목의 시(?)를 썼다.
오늘은 「왜 그랬어」라는 제목의 시(?)를 썼다.

19 위의 책, 358쪽.

(?)는 왜 달았을까. 시라고 부를 수 없는 요소를 시에 남겨 놔야 그 시가 언젠가 나의 시가 된다고 생각하기 때문인가. 아직은 시라고 부르지 않지만, 언젠가 시라고 부를 수 있을 거라는 믿음 때문인가. 누가 먼저 시가 아닌 것을 시라고 부르나. 가끔 그것을 선점하는 사람이 새로운 시를 얻기도 한다. 시가 아닌 것을 시라고 호명하거나 우기는 과정에서 시가 아닌 존재는 시가 될 기회를 갖게 되므로. 그런데 이런 생각이 나의 게으름을 합리화하는 건 아닐까? 나도 똥 싸고 예술이라고 우기는 거 아닌가. 아무거나 써 놓고 시가 아닌 것 같으니까 좋다고 합리화하는 것은 아닌가. 그럴 땐 질문해 본다. 이것은 소설인가? 이것은 일기인가? 이것은 비평인가? 이것은 시인가? 모두 아닐 때 그것이 새로운 시라고 생각한다. 소설의 한 장면 같지도, 일기 같지도, 비평 같지도, 시 같지도 않은 시. 그것들이 동시에 아닌 시가 좋았다. 그래서 언제부터인가 시 파일이 두 개가 되었다. '누가 봐도 시인 시'를 저장하는 파일과 '누가 봐도 아직 시가 아닌 시'다. 내가 원하는 것은 후자가 더 많아지는 것이다. 그리고 언젠가 그들이 시가 되는 것이다.

최종 취침 시각: 오전 6시 47분

짧은 시 쓰기

내 방은 크리스마스에도 이렇게 생겼다.

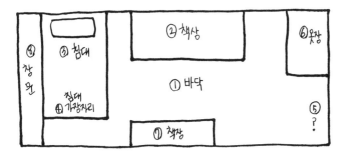

여덟 살 때 일이다. 친구네 집에서 하룻밤을 보냈다.
친구와 나는 밤을 새우기로 했다. 그 집에는 두 살 된 동생이
있었기 때문에 우리는 방에서 작은 스탠드를 켜 놓고 조용히
새벽을 기다렸다. 그런데 안방에서 자던 동생이 깨어나 울기

시작했다. 동생은 곧 잠들었지만 다시 깼다. 친구의 어머니가
말했다. 우리가 잠을 안 자서 애가 계속 깬다고. 어서들
자라고.

당시 나는 그 말을 이렇게 이해했다.

"너희가 잠을 안 자서 (밤이 너무 길어지는 바람에) 동생이
계속 깨잖아."라고.

나는 친구와 내가 자지 않아서 시간이 느리게 흐른다고
생각했고, 그 때문에 동생이 깨는 거라고 생각했다. 친구와
내가 잠을 자야 동생의 시간도 덩달아 빨리 간다고. 내가
깨어 있으면 잠든 사람의 시간도 나의 시간과 같은 속도로
흐른다고 생각했던 것이다. 어른이 되어서도 나는 이따금
비슷한 기분에 사로잡힌다. 새벽에 내가 깨어 있어서 잠든
가족들의 시간이 나와 같은 속도로 흐르고 있는 게 아닐까,
하고 말이다. 내가 깨어 있는 바람에 그들의 시간이 껌처럼
늘어나고 있다고.

나는 ④에 걸터앉아 다리를 아래로 쭉 늘어뜨렸다.
그러면 왠지 배를 타고 있는 기분이 든다. 침대 끝에 앉아
다리를 아래로 떨군 채 살살 흔들면 뗏목 가장자리에 앉아
물속에 다리를 담근 것 같다. 나는 물살을 저어 침대와 함께
어디론가 멀리멀리 갈 수 있을 것만 같다.

오늘은 크리스마스다. 약속이 없다. 대신 마감이 있어서

노트북을 켰다. 기존에 발표한 시를 재수록하는 마감이어서 어떤 시를 보낼지 미리 정해 두었다. 그리고 재수록할 시를 한글 파일에 옮겨 적고 기입할 정보를 확인하기 위해 청탁서를 열었다. 아뿔싸. 아무 시나 재수록할 수 있는 게 아니었다. 청탁서에 적힌 조건에 부합하는 '짧은 시'여야 했던 것이다.(조감도를 보면 알 수 있듯 갑자기 방의 문이 사라져 버렸다.) 청탁서를 제대로 살펴보지 않은 것이 나의 불찰이었다.

청탁 내용: 선생님의 시편 중, 자선 시(재수록을 기본으로 하되, 신작시도 가능합니다.)

기획 의도: 최근의 시가 산문화, 장시화 경향으로 함축미와 간결성을 잃어 가고 있습니다. 이에 본지에서는 〈다시 읽는 짧은 시, 깊은 울림〉 특집을 매호 마련했습니다.

길이: 연 구분 포함 13행 이내, 산문시 경우에는 띄어쓰기 포함 180자 이내.

(반드시 지켜 주시기 바랍니다.)

짧음이 과연 시의 본질일까?[20] 이 청탁서가 산문시 자체를

---

20 「길어지는 시, 흩어지는 시」(《한국문학》, 2017년 1월호)에서 조재룡은 다음과 같이 말한다. "시의 압축성은 시의 길이와 상관이 있는가? '간결성'(brevity)과

부정하는 것은 아니었지만 긴 시, 하면 산문시가 많은 만큼 시는 짧아야 한다는 세계에서 산문시는 곧잘 공격의 대상이 된다.

샤를 보들레르는 말했다. "시인일 것, 심지어 산문으로라도."

최정례 시인의 시집 『개천은 용의 홈타운』 해설에서 조재룡 평론가는 산문시에 대해 흥미로운 이야기를 던진다.

산문(prose)은 'prosa'를 어원으로 한다. 똑바로 앞을 보고 나간다는 말이다. 산문은 로고스의 질서를 구축하려 하염없이 전진을 꾀하는 글이다. 산문시가 등장하기 전까지 시와 동의어로 여겨진 운문(vers)은 'versue'를 어원으로 삼는다. 지속적으로 되돌아온다는 뜻이다. 그럼, 산문시는? 직진하는 산문에서 어디론가 되돌아오는 시의 속성을 담보해 낸 경우, 더욱이 그 되돌아옴이 운문의 규칙성이 아니라 산문의 전진을

'짧음'(short)은 결코 같은 말이 아니다. '간결하다' 혹은 '압축적이다'라는 말로 시의 특징을 변별하려 할 때, 우리는 대개, 길이의 노예가 되어 버리거나, 최소한 길이가 짧다는 사실로부터 이 '간결-압축'의 근거가 충분히 확보되었다고 믿는다. 사유의 누수가 생겨나기 시작하는 것은 바로 여기다. 시적 경제성이라 함은, 그 길이가 짧다고 해서 확보되는 시의 미덕이 아니다. 그것은, 원론적으로 말하자면, 아주 긴 텍스트에서조차 징후가 목격될 수 있는 '발화의 효율성'의 실현 여부에 달려 있기 때문이다."

멈추게 하거나, 직행하는 그 속도와 곧고 바른 산문의 품에서
독특한 회전의 고리를 만들어 낸다면 운문과 산문, 시와 산문을
대립시키는 이분법의 망령에서 잠시 빠져나올 수 있을 것이다.[21]

나는 이 글을 읽을 때면 매번 로맹 가리의 소설
『그로칼랭』을 떠올린다. 보기에 따라 이 소설은 통째로
산문시에 관한 은유로 보인다. 소설은 이렇게 시작한다.

복잡한 절차는 생략하고 바로 핵심으로 들어가겠다.[22]

그러나 그 뒤에는 핵심만 빼고 모든 것이 있다. 쿠쟁은
툭하면 "지금 바로 핵심에 들어와 있다."랄지 "복잡한
절차는 생략하고 본론으로 들어가자면"이라고 말한다.
그래 놓고 끊임없이 딴소리를 한다. 마치 딴소리가 자신의
직업인 것처럼. 왜 그러는 것일까? 쿠쟁은 작은 아파트에서
비단뱀(그로칼랭) 한 마리와 산다. 따라서 그는 자신이 가장
사랑하는 존재인 뱀에게 가장 편안한 방식의 글을 써야
한다고 생각한다. 뱀이 가장 편하게 느끼는 글. 뱀도 읽을 수

---

21 조재룡 해설: 「시는 산문의 외피를 입고 어떻게 시임을 주장하는가」, 최정례,
   『개천은 용의 홈타운』(창비, 2015), 125-126쪽.

22 로맹 가리, 이주희 옮김, 『그로칼랭』(문학동네, 2010), 35쪽.

있는 글.

정확성을 기하기 위해 분명히 해 두겠는데, 조제프 신부에게
조언을 구하러 람세스에 간 대목에서 본론을 벗어난 것이
아니라, 이 개론의 주제에 잘 맞도록 비단뱀에게 익숙한
방식으로 이야기하고 있는 것이다. 비단뱀은 직선으로
나아가지 않고 몸을 비틀며 구불구불 나선을 그리고 끊임없이
몸을 감았다 풀었다 하고 때로는 고리를 만들거나 매듭을
지으면서 나아가기 때문에, 여기에서도 공감과 이해심을
가지고 같은 방법으로 진행하는 것이 중요하다. 비단뱀이 이
책상 사이를 편안하게 느껴야 한다.[23]

어쩌면 딴소리가 핵심이고 딴짓이 살길인지도. 직선으로
파인 길로만 걸을 때, 시는 모퉁이에서 기다리고 있다가
여지없이 발을 건다. 시라는 놈은 늘 그런 식으로 우리의
삶에 출몰하며 의문을 던지기 때문이다.

언어가 정형의 틀에 매이지 않아도 시적일 수 있듯이,
삶에서 본질적인 형식이 부정되더라도 삶의 진정성을 추구할

23 위의 책, 46~47쪽.

수 있다.[24]

이 문장을 뒤집어서 다시 읽어 보는 것은 도움이 될
것이다.

'삶에서의 본질적인 형식이 부정되더라도 삶의 진정성을
추구할 수 있듯, 언어가 정형의 틀에 매이지 않아도 시적일
수 있다.

24 조재룡, 「길어지는 시, 흩어지는 시」,《한국문학》(2017년 1월호).

큰 공책에 큰 시 쓰기

시의 길이에 관해서라면 재미있는 일화가 하나 있다.
문학회에서였다. 소파에 앉아 노트북에 시를 끼적이던
친구가 말했다.

"음. 그런데 말이야, 내 시가 맨날 똑같은 길이인 것 같아.
나뿐만 아니라 다른 시도 그래. A4 사이즈에 딱 맞는달까? A4
사이즈인 한글 파일에 시를 써서가 아닐까 싶어."

"그러면 벽에다 시를 쓰는 건 어때, 아니면 전지에
쓰거나."

나는 말했다. 우스갯소리였지만 진심이었다. 작은
수첩에 일기를 쓰다가 커다란 일기장으로 바꾸면 그 전으로
돌아가기 어렵다. 글의 길이와 호흡이 달라지기 때문이다. 큰
공책에 일기를 쓴 뒤로는 글을 오래 쓰는 지구력이 생겼다.

게다가 시의 길이도 길어졌다. 작은 수첩이 수영장이라면 큰 노트는 바다다. 길이의 제한이 줄어든 만큼 마음껏 썼더니 나의 호흡이 굉장히 길다는 사실을 발견했다. 그리고 내가 글을 마음껏 쏟아 낸 다음 그것을 가지치기하는 방식으로 작업하는 것을 좋아하는 것도. 나는 넓은 물에 사는 금붕어처럼 크기가 커졌다. 금붕어는 환경에 따라 몸집이 달라진다. 큰 강에 사는 금붕어는 사람이 두 팔로 안아야 할 만큼 커지기도 한다. 물론 큰 공책에 시를 쓰면 긴 시를 쓰게 된다는 건 아니다. 제한이 없는 환경에서 좀 더 쉽게 자신의 호흡을 발견할 수 있다는 뜻이다.

좌우간, 나는 메일 창을 열어 원고(짧은 시)를 보내지 못할 것 같다는 메일을 작성했다. 그런데 마음이 영 편치 않았다. 애초에 청탁서를 제대로 확인하지 못한 내게도 책임이 있었고, 원고 마감 당일에 펑크를 내는 것은 더 아닌 것 같았다. 그래서 눈 딱 감고 원고를 보내기로 했다. 그런데 더 큰 문제는 내가 쓴 시 중에 '연 구분 포함 13행 이내, 산문시의 경우 띄어쓰기 포함 180자 이내'라는 조건에 맞는 시가 단 한 편도 없었던 것이다. 단 한 편도……. 그래서 청탁서에 적힌 바와 같이(재수록을 기본으로 하되, 신작시도 가능합니다.) 시를 한 편 쓰기로 했다. 진정한 크리스마스의 악몽이었다. 공책을 펴고 연필을 쥐었다. 시를 쓴 적은 있지만 짧은 시를 쓴 적은

없었다. 긴 시를 쓴 적도 없다. 나는 그냥 시를 쓴다. 직성이
풀릴 때까지 쓰고 끝낼 뿐이다. 그 길이가 시에게 가장
어울리는 길이라고 생각하므로.

하지만 오늘은 내가 가지고 있는 가장 작은 수첩을
꺼냈다. 짧은 시를 써야 하니까.

나는 원고 청탁서를 다시 열었다. '길이: 연 구분 포함 13행
이내, 산문시 경우에는 띄어쓰기 포함 180자 이내.'

① 첫 번째 시

「우리가 만나는 이야기」

지하철에서 한 할머니가 껌을 사 달라고 했다. 나는 들은
체하지 않고 휴대폰을 들여다보았다. 하나만 사 줘. 할머니
는 껌을 쥔 작은 손을 흔들며 말했다. 잠시 정적. 나는 슬쩍
올려다보았다. 할머니는 손가락으로 뭔가를 가리키고 있었
다. "열렸다!" 무릎에 놓인 가방이 열려서 책의 모서리가 밖
으로 비죽 튀어나왔던 것이다. 나는 가방에 손을 가져갔다.
그 순간 가방에서 어떤 손이 튀어나왔다. 한 번도 뭔가를 쥐
어 보지 못한 것처럼, 닥치는 대로 쥐려고 하는 손이었다. 그
런 손에는 아무것도 쥐여 주지 않거나 아무거나 쥐여 준 후

영원히 그것만을 살게 하는 방법밖에 없다. 나는 손을 바라본다. 일어난 일은 이미 일어났고, 있는 힘을 다해 그것을 살아야 한다.

조건: 산문시의 경우 띄어쓰기 포함 180자 이내
수록 불가 사유: 글자 수 초과(공백 포함 287자)

다시 썼다. 쌀집에서 정육각형 나무 상자로 쌀을 푸고, 언덕처럼 쌓인 부분을 덜어 내듯 글의 무게를 쟀다. 한 줄 지우고 '문서 통계'에 들어가 글자 수를 확인하고 다시 덜어 냈다.

② 두 번째 시

「우리가 만나는 이야기」

지하철에서 한 할머니가 껌을 사 달라고 했다. "하나만 사 줘." 할머니는 껌을 쥔 작은 손을 흔들며 말했다. 나는 외면했다. 할머니는 손가락으로 뭔가를 가리켰다. "열렸다!" 할머니가 내 가방을 가리켰다. 무릎에 놓인 가방이 열려서 책의 모서리가 밖으로 비죽 튀어나와 있었던 것이다. 나는 가방으로 손을 가져갔다. 그 순간 가방에서 어떤 손이 튀어나왔다. 한 번도 뭔가를 쥐어 보지 못한 것처럼, 닥치는 대로 쥐려고 하는 손이었다. 그런 손에는 아무것도 쥐여 주지 않거나 아무거나 쥐여 준 후 영원히 그것만을 쥐게 하는 방법밖에 없다. 나는 손을 바라본다.

조건: 산문시의 경우 띄어쓰기 포함 180자 이내
수록 불가 사유: 글자수 초과 (공백 포함 233자)

180자가 이렇게 짧은 분량이었다니. 산문시를 쓰는 대신 행갈이를 했다. 열세 줄로 나눈 다음 가지치기를 했다. 결말을 수정하고 화자를 바꾸었다.

③ 세 번째 시

「우리가 만나는 이야기」

지하철에서 한 할머니가 껌을 사 달라고 했다

"하나만 사 줘."

할머니는 껌을 쥔 작은 손을 흔들며 말했다

A는 외면했다

그때, 할머니는 손가락으로 뭔가를 가리켰다

"열렸다!"

할머니가 A의 가방을 가리켰다

무릎에 놓인 가방이 열려서 책이 비죽 튀어나와 있던 것이다

A는 가방에 손을 가져갔다

그 순간 가방에서 어떤 손이 튀어나왔다

한 번도 뭔가를 쥐어 보지 못한 것처럼, 닥치는 대로 쥐려고 하는 손이다

그런 손에는 아무것도 쥐여 주지 않거나

아무거나 쥐여 준 후 영원히 하나만을 살게 하는 방법밖에
는 없다

원고를 송고 하고 일 분 뒤에, 내가 보낸 원고가 수록
조건에 맞지 않는다는 사실을 깨달았다. '연 구분 포함' 13행
이내였던 것이다. 그래서 행을 모두 붙였다. 그리하여 완성된
시는 다음과 같다.

④ 네 번째 시

「우리가 만나는 이야기」

지하철에서 한 할머니가 껌을 사 달라고 했다
"하나만 사 줘."
할머니는 껌을 쥔 작은 손을 흔들며 말했다
A는 외면했다
그때, 할머니가 손가락으로 A의 가방을 가리켰다
"열렸다!"
무릎에 놓인 가방이 열려서 책이 비죽 튀어나와 있던 것이다
A는 가방에 손을 가져갔다
그 순간 가방에서 어떤 손이 튀어나왔다

한 번도 뭔가를 쥐어 보지 못한 것처럼, 닥치는 대로 쥐려고 하는 손이다

　그런 손에는 아무것도 쥐여 주지 않거나

　아무거나 쥐여 준 후 영원히 하나만을 살게 하는 방법밖에는 없다

미래에 불태워 버릴 어떤 작품에 관하여

내 방은 이렇게 생겼다.

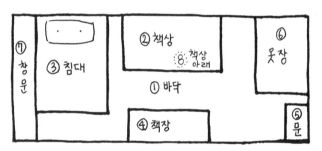

지금은 새벽 12시 반이다. 나는 ③에서 기어 나와 ②에서 노트북을 켰다. 그리고 원고 작업을 하고 있었는데 화면 우측 하단에 붉은색 경고 창이 떴다.

알림 : ○ ○ ○의 보안 프로그램이 만료되었습니다. 지금

바로 연장하여 바이러스와 각종 위협들로부터 내 PC를
보호하세요.

손바닥 크기의 붉은 경고문이 내 시를 가렸다. 경고
창에는 '끄기' 버튼 대신 '괜찮습니다' 버튼이 있다. 괜찮지
않지만 괜찮다고 한다. 그래야 창이 사라지므로. 놈은 내
상태는 양호하지 않으며, 내가 커다란 위험에 처해 있다고
말한다. 중요한 대목을 적고 있었는데 놈이 튀어나와 내
글을 가려 버렸다. 놈은 나의 글쓰기에 균열을 일으키고,
나의 사고를 방해하며, 이야기를 지연시킨다. 게다가 버튼은
바로 누를 수 없게 조작되어서 십 초 정도 지나야 누를 수
있다. 그래서 강제로 십 초의 쉬는 시간이 발생한다. "워워,
너무 빨라. 너무 빨리 가고 있어." 놈은 내게 말하는 듯하다.
반대로 괜찮지 않다고 말하면? 일이 커진다. '괜찮습니다'
버튼 옆에는 '바로 연장하기' 버튼이 있는데, 연장하기
버튼을 누르면 새로운 인터넷 창이 열린다. 그리고 이 창은
원고의 전체를 덮어 버린다. 그래서 나는 매번 '괜찮습니다'
버튼을 누른다. 이대로는 안 될 거라고 해도 말한다.
'괜찮습니다.'

그렇게 나는 이빨을 닦듯 하루에 세 번 '괜찮습니다'라고
말한다. 그런데 하루에 세 번 '괜찮습니다'라고 말한 날은

정말 괜찮은 날이다. 종일 원고를 쓰느라 노트북을 켜 놓았기 때문에 경고 창이 세 번이나 뜬 것이기 때문이다. 놈은 하루에 세 번 정도 나타난다. 그래서 '괜찮습니다'를 세 번 외친 날은 내가 종일 글쓰기에 집중했다는 증거다. 반대로 경고 창을 두 번 본 날은 덜 집중한 날이고, 한 번 본 날은 더 집중하지 못한 날이며, 한 번도 못 본 날은 글쓰기보다 중요한 일이 생겨 노트북을 켜지 못한 날이다. 그러므로 '괜찮습니다'를 세 번 외치는 일은 나의 글쓰기 루틴이다.

새벽 4시 17분. 방금 나는 세 번째 '괜찮습니다' 버튼을 눌렀다. 그리고 원고 말미에 약력을 기재한 뒤 오전 8시 예약 발송으로 이메일을 보냈다. 3년 전에도 이 문예지에 원고를 송고한 적이 있다. 첫 시집을 막 출간했을 때였다.(여담인데, 내 첫 시집의 제목은 『책기둥』이다. 그런데 한 인터뷰 제목에 오타가 난 적이 있다. 다음과 같이. 문보영 시인의 첫 시집 인터뷰 『첫기둥』!)

원고 말미에는 약력을 적어서 보내는데, 약력에는 출간한 책을 적는 것이 일반이어서 『책기둥』이라고 적었다. 그리고 며칠 후 편집부에서 교정지를 보내 주었다. 그런데 내 약력의 일부가 수정된 것을 발견했다.

문보영

시인

『책기둥』등의 책이 있음.

그래서 답장을 보냈다.

안녕하세요, 선생님.

문보영입니다.

다름이 아니라, 제 약력에 잘못된 부분이 있어 답장

드립니다.

아직 책을 한 권밖에 내지 않았는데 약력에『책기둥』'등'의

책이 있음, 이라고 적혀 있어서요

이 부분을 수정해 주시면 감사하겠습니다.

그럼 좋은 하루 보내세요.

— 문보영 드림

그러자 흥미로운 답장이 왔다. 미래에 나올 책을 포함해서

으레 그런 표현을 쓴다는 것이었다. 왠지 송구스러웠고,

아직 쓰지도 않은, 미래에 나타날 무엇을 카운팅하는

방식이 이상해 보였는데, 지금 돌아보면 미래의 책을 믿어

준 누군가에게 고맙기도 하다. 혹시, 내가 민망할까 봐

그렇게 얘기해 준 것이 아닐까? "그럼 책이 한 권밖에 없으니 '등'은 지워 드리지요."라는 말보다는 "미래에 나타날 책이 있으니까요!"라고 말하는 게 뭔가 인간미 있고, 구수하고, 사기꾼 같으니까. 어쩌면, 과거와 현재와 미래는 직선으로 흐르지 않고 한 공간을 향해 비처럼 쏟아진다는[25] 그렇고 그런 시간관을 가진 편집자였는지도.

그 이후 몇 권의 책을 쓰게 되었다. 어쩌면 누군가 믿어 준 '등' 덕분이었는지도.(알고 보니 책기둥의 진화형은 책기'등' 인지도……) 그렇다면 등은 사기성 희망이자 피그말리온? 나는 갑자기 내 원고에 '문보영' 대신 '문보영 외'라고 적고 싶어졌다.

그도 그럴 것이 나는 문보영이지만 가끔 내가 한 명이 아니라는 느낌에 사로잡히곤 한다. 내 영혼은 쫙 펼치면 줄줄이 손을 잡고 있는 접힌 종이 인형처럼 생긴 것 같다.

모든 책에 그렇게 쓰는 건 어떨까. 미래에 나타날 문보영을 포함해서 인원수를 세는 것이지. 나는 키득거리다가 옷장 ⑥으로 이동해 카프카를 폈다. 나는 옷장 속에서 사는 삶을 꿈꾸므로. 축 늘어진 옷들 사이에서 카프카를 읽으면 왠지 카프카가 된 기분이 든다. 옷장 속에서

---

25 미국 공포 드라마 「힐 하우스의 유령」에서 넬리의 대사 참고.

카프카의 이름을 중얼거려 본다. 카프카…… 카프카……
만일 카프카의 이름이 '톰'이나 '제리'였어도 카프카가
이렇게까지 유명해졌을까? 그의 이름은 정말 멋있다.
카프카와 불면. 카프카와 커피. 카프카와 문학. 톰과 불면.
톰과 커피. 톰과 문학. 제리와 불면, 제리와 커피, 제리와
문학…… 역시 카프카는 카프카여야 했다. 카프카의 일기는
정말 재미있다. 그런데 그것이 번역 때문이 아닌가 싶을 때가
있다. 카프카의 일기는 번역이 좋지 않아서 더 시적으로
느껴진다. 자꾸 말이 안 된다. 그래서 시 같다. 시는 불합리한
추론 사이에 '그러므로'라는 말을 넣는 것[26]이기 때문에.
카프카가 원래 분열적인 목소리를 가지고 있었는지, 아니면
번역이 별로여서 근사한 문장이 탄생한 것인지 알 수 없다.
나는 책날개를 펼쳐 번역가의 이름을 확인했다. 오! 이런. 네
명이 공동 번역을 해서 주동자를 알 수 없다.

　나는 카프카를 다 읽고 아쉬워서 옷장에 더 머무른다.
새벽 5시 2분. 카프카는, 아니 나는 옷장에서 기어 나와
④에서 카프카의 소설집을 꺼내 ⑤에 기대 '옮긴이의 말'을
읽었다. 그리고 카프카와 관련한, 흥미로운 일화를 알게
되었다.

26　크리스 크라우스, 박아람 옮김, 『아이 러브 딕』(책읽는수요일, 2019) 참고.

'옮긴이의 말'에 따르면 "카프카는 이미 건강이 많이 악화되어 있던 1922년 11월 말경 친구 막스 브로트에게 자신이 죽으면,「선고」,「화부」,「변신」,「유형지에서」, 단편 모음집 『어느 단식 광대』에 실린 작품 등 이미 발표한 것은 남겨 두어도 좋되, 마무리할 수 없었던 나머지 작품들은 모두 불태워 없애 달라는 유언을 남긴다. 이 유언을 성실하게 집행하지 않은 브로트 덕분에, 소위 '고독의 삼부작'으로 불리는 세 편의 미완성 장편소설(『실종자』,『소송』,『성城』)을 비롯한 카프카의 많은 작품이 독자들에게 소개될 수 있었다."[27]

　나는 ⑤ 앞에 쭈그려 앉아 생각한다. 왜 많은 작가들은 유언으로 자신의 작품을 불태워 달라고 할까? 손수 불태우지 않고. 악화된 건강 때문에 타인에게 부탁한 거겠지? 그런데 정말 그 작품들을 없애고 싶었다면 죽기 전에 자신이 보는 앞에서 '지금 당장' 불태워 달라고 할 수도 있지 않았을까? 그들은 왜 꼭 자신이 죽은 이후에 작품을 불태우길 바랐을까? 작품보다 일찍 죽고 싶어서?
　이따금 내가 죽은 이후에 남겨질 나의 작품에 대해

27　프란츠 카프카, 앞의 책, 797쪽.

생각한다. 많은 작품들이 유언에도 불구하고 살아남았듯,
유언은 별로 믿을 것이 못 된다. 카프카가 유언을 맡겼다는
친구 막스 브로트는 왜 그의 유언을 충실히 집행하지
않았을까? 그래, 친구가 문제다. 인력거, 호저, 흡연구역…….
나의 친구들을 떠올려 본다. 친구들이 과연 내 작품을
불태울까? 믿을 수 없다. 인력거는 내 작품을 너무 은밀한
곳에 보관해 두었다가 잃어버릴 것 같다.(그리고 먼 훗날
누군가 찾아낼 것이다.) 호저는 내가 죽자마자 작품을 블로그에
올려 세상에 널리 알릴 것이다. 마지막으로 흡연구역은
나보다 오래 살 것 같지 않다. 따라서 구조상 유언을 들어줄
수 없을 것이다. 그러므로 정말 불태우고 싶은 작품은 죽기
전에 내가 직접 죽이리라…….

그러나 정말 불태우고 싶은 작품을 아직 쓰지 못했으므로
그 작품을 쓰기 위해 오래 살아야 하리.

최종 취침 시각: 새벽 6시 13분

꿈 전시장

MBTI가 바뀌었다

꿈에서 나와 친구는 고등학생이다. 그런데 학교가 좀 이상하다. 교사와 학생 모두 악당이다. 그들은 나와 내 친구를 죽이려고 한다. 그런데 학교 지하실에는 우리를 지키는 두 명의 선생님이 있다. 헤드라이트가 달린 안전모 쓴 그들은 책상 위에 학교 설계 도면을 펴 놓고 밤낮이고 우리를 구할 계획을 세운다. 그런데 문제는 그들은 지하에 갇혀 있어서 우리를 구하러 올 수 없다는 점이다. 그들이 우리를 구하려면 우리가 먼저 그들을 지하에서 구한 다음 그들이 우리를 구하도록 해야 했다. 그러나 기회는 좀처럼 오지 않았고 우리는 긴 세월 노예처럼 살아갔다. 학교는 어둡고 바닥은 축축했다. 친구와 나는 고개를 숙인 채 한 세기 동안 조용히 복도를 걸었다. 하

지만 학교 지하에 선생님들이 산다는 사실은 우리에게 커다
란 힘이 되었다.

　여기까지 기록하고서 나는 문득 나의 변화를 인지했다. 내
성격 유형 MBTI가 왠지 바뀐 것 같았다. 꿈에서 나는 대체로
위기 상황에 처해 있다. 배경은 학교인 경우가 많고, 나는 왕
따이거나 은따다. 그러나 딱히 억울하지 않다. 나는 미움받을
만한 요소를 갖추고 있기 때문이다. 그 요소는 본질적인 것인
데 그 본질적인 무엇은 나의 분위기를 통해 표현된다. 따라서
나도 내가 불편하다. 꿈속에서 친구들은 나를 따돌리지만 그
것은 약한 존재를 향한 무시와는 다른 무엇이다. 나는 약하
지 않다.(혹은 그렇게 생각하지 못한다.) 나는 내가 미움받을
만한 이유가 있다고 생각한다. 나는 나의 마음 때문에 미움받
는다. 그리고 나 또한 나의 마음을 미워하기에 나는 나를 미
워하는 이들에게 동조한다. 요컨대 가장 괴로운 점은, 누군가
나를 미워하는 이유를 내가 납득한다는 점이다. 그들은 나를
괴롭히지 않는다. 그들은 그저 나를 피한다. 그들은 말이 없
고 상식적이며 교양 있다. 그들은 나처럼 사랑받기 위해 가식
을 부리거나 거짓말하지 않으며 솔직하고 정직하게 살아간
다. 세력을 키우거나 자신을 뽐내지 않을뿐더러 자신이 무엇
을 좋아하는지 자랑하지 않고 그저 자신들이 좋아하는 것을

소중하게 여기며 살아간다. 다만, 그 '작고 좋은 것'에 나는 해당하지 않는다. 이것이 꿈에서 내가 빚는 나에 관한 이미지이다. 괴롭힘은 있지만 악당은 없는 꿈. 그런데 꿈이 변한 것이다!

새로운 꿈에서 나는 혼자가 아니다.(옆에 친구도 있고 지하에는 나를 구하려는 선생님도 있다.) 그리고 악당이 있다. 나는 그들에게 부당한 괴롭힘을 당한다. 나는 비로소 내가 겪는 불의를 믿는다. 누군가를 탓하는 능력이 생긴 것이다.(얼마나 편한지…….)

더불어 나의 캐릭터도 단순해졌다. 최근의 꿈들을 통해 나는 예전에 비해, 내가 나 자신에 관해서 과도하게 분석하고 있지 않다고 결론 내렸다. '나는 나에 관해 덜 생각하고 있다.' 이것이 바뀐 꿈이 암시하는 바이다. 그래서 나는 꿈 기록을 멈추고 MBTI 검사를 했다. 유레카! 내 성격 유형이 INFP에서 INFJ로 바뀐 것이다.(드디어 INFP에서 발을 뺄 수 있게 된 것일까?) 검사지에 따르면 INFJ는 '선의의 옹호자'형 인간으로, 이들은 크든 작든 세상의 잘못된 것을 바로잡고자 하는데 열심이라고 한다[28]. 그리고 (원래 내 MBTI인) INFP에 관한 설명으로는 다음과 같은 것들이 있다.

---

28 https://www.16personalities.com/infj-personality 참고.

스트레스를 해소하는 능력이 약하다. 때문에 건강하지 못한 방법으로 스트레스를 해소하는 경우가 많다. 건강하거나 이기적인 스타일일 경우 타인한테 이렇게 저렇게 피해를 주는 다른 성격들과 다르게 INFP는 아프면 자기 자신을 무너트리는 수렁으로 빠지는데, 때로 주변 사람들과 연락을 끊고 쾌락에 물들며 본인의 공상 속에 빠져서 살아간다. 스트레스가 심하다고 느껴질 경우, 빠르게 전문가와 상담 및 치료를 권한다.' 등등.[29]

다시 꿈으로 돌아가자. 학교에서 화재 경보가 울린다. 김준식 씨를 피하라는 경보다. 나와 친구는 본능적으로 김준식 씨가 지하에 사는 선생님 중 한 명이라는 사실을 깨닫는다. 우리는 적들이 동요하는 모습을 지켜본다. 이곳저곳에서 똑같이 생긴 김준식 씨들이 벽을 뚫고 나타난다. 그들의 몸통은 드릴 모양이다.

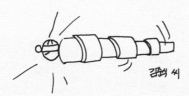

(사방에서 출몰함. 날개는 없는데 날아다님.)

---

29 https://namu.wiki/w/INFP 참고

김준식 씨는 헤드라이트를 단 안전모를 착용하고 있다. 김준식 씨의 눈썹은 짙으며 그의 영혼은 강인하다. 김준식 씨가 여러 명인 이유는 그가 분신술을 쓰기 때문이다. 예전에도 김준식이 출몰한 적이 있었는지 악당들은 그를 보자마자 '김준식 현상'이라고 명명하며 대피한다. 그러나 김준식 씨는 어느 순간 먼지처럼 사라진다. 그것은 지하에서 쏘아 올린 이미지일 뿐이기 때문이다. 친구와 나는 다시 학교 복도를 걷는다. 오래도록 걷고 또 걸었다. 우리에게는 복도를 걷는 것만이 허용되었으므로.

　　그렇게 세월이 흐른다. 그것도 많이. 너무 많이 흘러서 나는 꿈속에서 지친다. 그러던 어느 날 나는 지하로 내려간다. (너무 자연스럽게) 알고 보니 지하는 한 번도 잠겨 있지 않았던 것이다. 그곳에 안전모를 쓴 선생님들은 없다. 대신 돌로 된 아이들이 있다. 그들은 돌로 된 영혼인데, 내가 손을 갖다 대니 갑자기 파랗게 변한다. 그리고 교탁에는 그 돌을 가르치는 선생님들이 있다. 그 선생님도 돌이다. 그런데 내가 아이들에게 말을 걸자 선생님은 죽는다. 그냥 그렇게 되어야 하기 때문에 그렇게 되었다. 그리고 지하의 학생들과 나는 운동장으로 순식간에 날아오른다. 그리고 갑자기 세상이 정화된다……

P.S.

나는 그 뒤로 다시는 MBTI를 검사하지 않는다. INFP로 되돌아갈까 두려워서. 그런데 나는 왜 INFP에서 발 빼려고 하는 걸까?

4부

콜링 포엠

밤을 위한 작은 이벤트를 준비했다. 밤 10시에 독자 분들께 전화를 걸어 신작 시를 들려주는 〈콜링 포엠〉 이벤트다. SNS에 다음과 같은 게시물을 업로드했다.

안녕하세요, 문보영입니다. 긴 밤을 위해 〈콜링 포엠〉을 준비했습니다. 〈콜링 포엠〉은 전화로 시를 발표하는 전화 시 서비스입니다. 전화로 목소리 시(음성 시, 소리 시)를 들려드립니다. 신청서를 작성하신 분 중 무작위 추첨을 통해 몇 분께 전화를 돌립니다. 전화를 받지 않으면 다른 분께 전화를 겁니다. 11월 14일(토) 밤 10시에서 11시 사이에 전화를 걸 예정입니다. 이때 휴대폰을 잘 지켜봐 주세요. 통화는 십 분 내외이며, 시를 읽은 후에는 (시는 A 시와 B 시 중 한 편을 고르실

수 있습니다.) 하나의 질문을 받습니다. 질문이 없으면 인사 후
통화를 종료합니다. 해당 서비스는 무료 이벤트입니다.

금요일이 왔다. 원래는 공중전화 부스에 1000원을
넣고 시간이 지나면 통화가 자동으로 종료되도록 할
계획이었는데 밤에 홀로 전화 부스에 있는 게 무서워서 내
방에서 전화를 걸었다. 목청을 가다듬고 신청자들의 이름을
불러보았다.
안녕하세요, 전골냄비 님! 문보영의 〈콜링 포엠〉입니다.
안녕하세요, 붕어 똥 님! 문보영의 〈콜링 포엠〉입니다.
안녕하세요, 엘리자베스 7세 님! 문보영의 〈콜링
포엠〉입니다.
안녕하세요 친애하는 인절미 콩가루 페스티벌 님!
문보영의 〈콜링 포엠〉입니다.

그리고 첫 번째 전화번호를 눌렀다. 신호음이 가자마자
누군가 전화를 받았다. 독자는 놀란 것 같았다. 그래서
그녀를 진정시켜야 했고 덕분에 나의 긴장은 저절로
해소되었다. 그녀에게 시를 읽어 준 뒤 즐거운 대화를 나누고
통화를 끊었다. 그녀는 자신이 나를 얼마나 좋아하는지
얘기했고, 덕분에 나는 기운을 얻어 두 번째 독자에게 전화를

걸 수 있었다.

두 번째 독자는 의심형 독자로, 전화를 건 사람이 나인지 그리고 이 프로젝트가 사실인지 의심했다.("이런 기획을 본 적이 없어서……. '진짠가? 전화 안 하는 거 아닌가? 말로만 하는 느낌인데……?' 하고 생각했다가 신청 폼이 열렸길래 '어? 신청을 한다고? 이제 뭔가 그럴싸한데? 그래도 진짜로 할까?' 하고 반신반의하던 찰나에 전화가 온 거죠. 그런데 예전에 팟캐스트를 들은 적이 있어서 목소리를 들으니 의심이 사라졌어요."라고 그는 말했다.) 하필 그런 의심을 가진 독자에게 전화를 걸어 의심을 풀 수 있어서 좋았다. 의심 많은 독자는 말했다. 밤에는 전화가 오질 않는데 휴대폰과 아이패드가 연동되어 있는 바람에 갑자기 방이 요란하게 울었다고.

세 번째 독자는 어디선가 나를 우연히 보고 팔로우했다가 신청했는데 하필 당첨된 경우였다. 그래서 세 번째 독자는 내 책을 꼭 읽어 보겠다며 어떤 책이 제일 좋은지 추천해 달라고 했다. 네 번째 독자는 비놀람형으로, 마치 나와 예전에도 전화 통화를 해 본 적이 있는 것처럼, 그리고 당연히 전화가 오기로 예정된 것처럼 기다리고 있었다. 다섯 번째 독자는 시인형으로, 내가 시를 읽어 주자 답례로 자신의 시를 읊어 주었다.

준비한 A 시와 B 시는 모두 길었다. 그래서 나는 독자들에게 스피커폰으로 바꾸고 편히 들으라고 했다. 그들은 모두 시를 읽는 동안 침묵했으나, 침묵에도 여러 얼굴이 있다는 사실을 알 수 있었다. 상대방의 목소리도 듣지 못하고 얼굴을 보지도 못하지만 침묵에는 저마다의 색깔이 있어서 읽을 때마다 다른 기분이었다. 내 착각일 수도 있지만, 어떤 독자는 완전히 몰입한 것 같았고, 어떤 독자는 시를 어려워하는 것 같았기 때문에 속도를 조절하며 읽었다. 그리고 한 독자는, 시를 들으면서 끊임없이 꿈틀거렸는데 알고 보니 시를 들으며 메모를 하고 있었다. 일명 '시-딕테이션'으로, 그는 영어 듣기 평가를 하듯 메모를 하고 있었다. 그는 질문 타임에 내 시에 관해서 아주 자세한 감상을 들려주었다. 게다가 메모를 기반으로 나의 시를 요약해 들려주었는데 굉장했다. 나도 내 시를 잘 몰랐는데, 시의 구조를 정확히 짚어 해설해 준 것이다. "혹시 평론가세요?" 나는 물었다.

독자와의 통화는 마치 공놀이 같았다. 내가 던진 공이 전화선을 따라 굴러갔다가 어딘가에 부딪혀 돌아왔는데 그 공이 더 커져서 돌아온 느낌이랄까.

나는 책을 읽어 주는 전기수가 된 기분이었다. 책이 귀한 시절엔 장터에서 이야기를 읽어 주던 사람이 있었다. 이야기는 읊는 과정에서 자연스럽게 바뀌기도 했을 것이다. 그리고 이야기의 내용만큼이나 책을 읽는 전기수의 솜씨 또한 중요했을 것이다. 그런데 전기수들은 아주 중요한 대목에서 문득 낭독을 그쳤다고 한다. 그러면 사람들이 다투어 (돌이 아니라) 돈을 던졌다고.[30]

　내가 이야기를, 시를 읽다가 그쳤을 때 상대방이 화를 내면 얼마나 기쁠까! 통화로 시를 읽을 때 나는 청자에 따라 원본과 조금씩 다르게 읽었고 통화를 마치고 나서는 시를 조금 고쳤다. 나는 일종의 시 전기수가 되어 오밤중에 시를 크게 낭송하고 언덕과 산을 넘어 유유히 떠나는 기분이었다.

　우리는 밤 인사를 하고 통화를 마무리했다. 나는 그들에게 "평소에 몇 시에 잠드시는지 여쭤봐도 될까요?" 하고 물었는데, 그들이 잠드는 시각은 모두 내가 잠드는 시간보다 일렀다. 그래서 나는 말했다. "당신이 홀로 새벽에 눈을 뜨고 있을 때, 그리고 잠이 오지 않아 뒤척일 때, 어딘가에 초롱초롱 깨어 있는, 누구보다 늦게 잠드는 문 시인을 떠올려 주세요. '문 시인은 지금도 안 자고 있겠지.' 하고요. 그럼

30　네이버 티브이, 「조선 시대 이야기꾼 전기수」 참고.

오늘도 숙면하시길 바랍니다."

P.S.

전화 시를 읽을 때 진짜 듣고 있는 사람은 거기 없는 것처럼 느껴진다. 그래서 시를 읽다가 "여보세요?" 하고 묻게 된다.

잠자는 사람과 꿈에 관하여

내 방은 이렇게 생겼다.

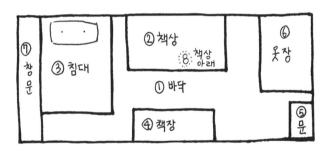

나는 주로 ③에서 잠을 자고, 거의 매일 꿈을 꾼다. 그날
꾼 꿈 이야기를 기록하면서 글의 물꼬를 트기 때문에
꿈을 꾸지 않은 날은 재료 없이 시작하는 기분이 든다.
게다가 꿈에서 활동량이 많으면 하루를 시작하기도 전에

다 산 느낌이다. 꿈속에서 충분히 살았으니 덜 살아도 될
것 같달까. 나는 친구들에게 꿈 이야기를 들려주는 것을
좋아하며, 친구들의 꿈 이야기를 듣는 것 또한 좋아한다.
며칠 전 우기는 재입대하는 꿈을 꿨다고 했다. 그런데
우기는 훈련을 받던 중, 자신이 군대를 다녀온 사실을
어렴풋이 기억해 냈다. 우기는 조금 더 구체적으로 기억해
내기 위해 정신을 집중했다. 그때, 중대장이 우기를 불렀고
그래서 우기는 그가 서 있는 쪽으로 뛰어갔다. 뛰면서
우기는 생각했다. '아, 이게 현실이고, 군대를 다녀온 게
꿈이었구나!'

우기는 자신은 대체로 꿈을 꾸지 않고, 꿈을 꾸더라도
꿈속에서 그것이 꿈이라는 사실을 인지하는 편이라고 했다.
중학교 친구인 경이도 같은 말을 했다. 우기와 경이는 실제로
성격이 비슷하다. 둘은 내 주변에서, 사기를 당하지 않을
유일한 사람들이다.

현실적인 성격 때문인지 우기와 경이는 꿈에서조차
속지 않는다. 그런데 우기가 말하길, 꿈을 꾸면서 그것이
꿈인지 아는 것과 꿈에서 깰 수 있는 능력은 별개라고
한다. 꿈이라는 사실을 알아도 취할 조치가 없으며 그저
기다려야 한다고. 만일 꿈인 걸 아는데 벗어나는 법을
모른다면 차라리 꿈이라는 사실을 모르는 게 낫지 않을까.

나는 우기가 꿈속에서 꿈인 걸 깨닫지 못한 이유가 시인을 곁에 두어서 그런 게 아닌가, 하는 (자의식 가득한) 걱정이 들었다.

꿈속에서 꿈이라는 사실을 깨닫지 못하는 이유를 생각하고 있었는데, 뇌이쉬르마른이 ⑦을 열고 스르르 기어 나와 내게 말했다. "그건 네가 이야기를 원하기 때문이야. 이야기를 사랑하는 사람은 틈만 나면 세상에 속고 싶어 하고, 속는 방식으로 세상을 이해하고 싶어 하거든."

나는 옷장 속으로 들어가는 뇌이쉬르마른을 배웅하고 ⑧로 들어가 잠을 청했다. 동물마다 잠을 자는 시간은 판이하다. 기린은 하루에 이십 분을 잔다. 얼룩말은 한 시간, 코끼리는 세 시간, 그리고 나무늘보는 스무 시간을 잔다.(인생의 80 퍼센트를 잠으로 때우는 것. 매우 현명함.) 그런데 몇 년 동안 잠을 자는 사람도 있다. MBC TV 프로그램「신비한 이야기 서프라이즈」의 '깨어나지 않는 소녀' 편에는 무려 9년 동안 잠을 잔 소녀가 나온다. 1859년 영국 버킹엄셔 터빌에서 태어난 엘렌 새들러는 1870년 열한 살이 되던 해, 여느 때와 같이 잠자리에 들었는데 다음 날 깨지 않았다. 며칠이 지나도 깨지 않았다. 엘렌의 건강 상태는 양호했지만 의사는 그녀가 계속 깨지 않을 경우 영양 문제로 사망할 수도 있다고 했다.

그러나 그녀는 죽지 않고 잠을 잤다. 그리고 수년이 흘러도 잠에서 깨지 않았다. 그녀에 관한 이야기는 널리 퍼져 왕자 에드워드 7세가 엘렌을 방문했고 그는 각지의 유명한 의사를 보내 주겠다고 가족과 약속한다. 엘렌의 집은 명소가 되었고 각지에서 사람들이 후원금을 보내왔다. 그러던 어느 날 엘렌에 관한 논란이 일었다. 엘렌이 자는 척을 한다는 것이었다. 엘렌이 창가에 서 있는 모습을 봤다는 목격담이 제보된 것이다. 일각에서는 모녀가 후원금을 긁어모으기 위해 사기극을 벌였다는 주장을 내놓았다. 그렇게 시간이 흐르고 엘렌의 어머니는 병으로 사망한다. 그 후 5개월도 채 지나지 않아 엘렌은 잠에서 깬다. "아, 잘 잤다!" 그러나 그녀는 거울을 보고 기겁했으며 어머니의 부고 소식을 듣고 큰 충격에 싸였다.

이후 의학계에서는 그녀가 '숲속의 공주 증후군'일 것이라는 주장을 내놓았다. 의학 용어로는 '클라인-레빈'으로 뇌가 잠에서 깨지 못하는 수면 과다증을 의미한다. 화장실에 가거나 식사를 위해 잠시 깨기도 하지만 당사자는 그 사실을 기억하지 못한다고 한다. 세계적으로 천여 명이 이 증후군을 앓고 있는데 영국 노팅엄셔의 소년 코너 프린스도 아홉 살 때부터 4년 동안 수면을 취했고, 영국 체셔의 22세 여성 베스 구디어는 열일곱 살 생일날 낮잠을 잤는데 6개월

동안 잤다.[31]

9년 동안 잠을 자면 어떤 느낌일까. 7만 8800 시간을
몰아서 자는 게 가능하다면? 9년을 잔 이후에는 평생 잠을
자지 않게 된다면? 일명 선 수면 후 살기. 하지만 클라인-
레빈증후군을 앓는 환자들이 몰아서 잠을 잤다고 해서
나중에 잠을 덜 자는 것은 아니라고 한다. 하지만 상상은 해
볼 수 있을 것이다. 잠을 선지불하고 쭉 깨어 있는 기술이
개발된다면 나처럼 매일 잠과 사투를 벌이는 사람에게는
좋은 소식일 것이다. 입면 과정에 수반되는 괴로움과
불안을 해결할 수 있을 테니까. 한 번의 길고 커다란 잠을 잔
이후에는 영영 깨어 있고 싶다.

나는 이 이야기가 흥미로워 만나는 사람들에게
들려주었는데, 한 인터뷰를 하던 중 기자가 내게
다큐멘터리를 한 편 추천해 주었다. 존 햅터스와 크리스틴
새뮤얼슨의 「체념 증후군의 기록」이라는 다큐멘터리였다.
'체념 증후군'은 갑자기 잠에 빠져들어서 몇 달 혹은 몇
년 동안 잠에서 깨지 않는 증후군을 뜻한다. 그런데 이와
같은 증상이 스웨덴 난민 아동 수백 명에게서 나타났다고

---

31 「신비한 이야기 서프라이즈」의 '깨어나지 않는 소녀' 편 참고.

한다. 어느 날 갑자기 아이들은 잠에 빠져들고, 깨어나지 못했다. 이 아이들은 모두 난민이었고 거대한 스트레스와 트라우마에 노출되어 있었다. 5개월 동안 무반응 상태에 빠진 일곱 살 다리아는 거대한 잠에 빠져들기 전 자신과 가족들이 본국으로 돌려보내진 다음 살해당할 것이라는 공포에 사로잡혀 있었다고 한다. 실제로 그들의 망명 신청은 거부되었다. 열두 살 카렌은 6개월 동안 잠에서 깨지 못하고 있는데, 그의 가족은 13개월 임시 거주 허가증으로 스웨덴에 체류 중이지만 기간이 만료되면 망명 재신청을 해야 했다. 이처럼 체념 증후군을 보이는 이민자들의 자녀들은 극심한 스트레스와 불안정한 삶을 견디다가 어느 순간 아주 깊은 잠으로 빠져든 것이다.

다큐멘터리는 하얀 겨울 숲의 풍경으로 시작한다. 모든 것이 멈춰 버린 것 같은 겨울 숲에 맑은 강물이 흐른다. 이 풍경은 숲보다 높은 곳에서 숲을 내려다보는 시선에서 촬영한 것인데, 마치 죽은 사람이, 아니면 자는 사람이 세상이 아닌 곳에서 세상을 바라보는 것처럼 약간 섬뜩하다. 너무 깊은 잠에 빠져들면 꿈도 시간도 사람도 사라지고 아주 하얗고 고요한 강물 소리만이 남는 건 아닐까.

내레이션은 말한다.

"아이는 아프지 않아요. 백설 공주처럼 가만히 누워 있을 뿐이에요. 주변의 모든 것이 너무나 끔찍해서 그런 식으로 자신을 보호하는 거죠. 아이는 상황이 나아지길 기다리는 것입니다. (……) 처음에 보이는 증세는 말을 안 하고 누워만 있는 겁니다. 그리고 먹는 양이 점점 줄죠. 그리고 먹고 마시는 걸 완전히 중단합니다."

다리아는 잠든 사람들처럼 두 손을 겹쳐 한쪽 얼굴에 벤 채 편안한 얼굴로 자고 있다. 다만, 절대 깨어나지 않는다. 부모는 아이의 근육이 굳지 않도록 매일 운동을 시킨다. 언젠가 아이가 깼을 때 다시 걸을 수 있도록, 아버지는 아이의 겨드랑이에 팔을 끼워 일으켜 세우고 어머니는 아이의 다리를 인위적으로 움직여 걷는 시늉을 해 근육이 굳는 것을 방지한다. 부모는 햇빛을 쐴 수 있도록 아이를 휠체어에 태워 동네를 돌고, 끊임없이 말을 건다. 그리고 아이의 콧구멍에 줄을 연결해 액체로 된 음식을 공급한다. 그리고 다리아의 언니는 다리아에게 동화책을 읽어 준다.

"'우린 유령을 찾아야 해.' 세사르가 말했습니다. '뭐가 보여?' 세사르가 물었습니다. 아스타는 창문에 얼굴을 댔습니다. '유령 없어.' 아스타가 말했습니다. '빨리 와.' 아스타가 말했습니다. '못 가.' 세사르가 말했습니다. 세사르의 다리를 잡아당겼지만 바닥에서 꿈쩍도 하지 않았습니다."

뇌사도 아니고 코마 상태도 아니고 그저 잠자는

상태이지만, 부모의 속은 타들어 간다. 다른 아이들과 가족도 비슷한 상황이었다. 그들은 모두 불안정한 생활을 지속하고 있었고 추방될 위험에 노출되어 있었다. 그러던 어느 날, 잠든 지 1년이 넘어서 다리아가 깨어난다. 신기하게도 다리아가 깨어난 시점은 가족이 항소한 판결이 난 지 얼마 되지 않은 시점이었다. 가족의 스웨덴 거주 승인이 난 것이다. 부모는 잠든 다리아에게 판결문을 읽어 주었고, 모든 게 잘될 거라고 반복해서 말해 주었다. 그리고 아무도 그들을 쫓아내지 못할 거라고. 내레이션은 말한다. "말투, 어루만짐, 방의 분위기, 그런 것에서 아이들은 부모가 더욱 희망적이 된 걸 느낀다.", "회복은 대체로 가족이 안정감을 느낄 때 이뤄집니다." 그 방의 분위기와 가족들의 에너지가 그녀로 하여금 잠에서 깨도 위험하지 않다는 신호를 보낸 것일까? 아주 깊은 잠에 빠진 사람을 깨우는 방법은 "당신은 잠에서 깨어나도 안전합니다. 당신의 현실은 생각보다 나쁘지 않아요. 우리가 여기 있습니다."라고 끊임없이 말해 주는 것, 잠자는 사람에게 그 말을 전달하는 것인지도 모르겠다. 슬프게도 다른 아이들이 깨는 모습을 보여 주지 못한 채 다큐멘터리는 마무리된다.

　나는 책상 아래 ⑧에서 은신하다가 침대 ③으로 이동했다. 잠의 입구가 보이지 않는다. 나는 다큐멘터리를 보고 한참

잠을 이루지 못했다. 대신 다큐멘터리의 마지막 장면을 반복해서 재생했다. 깨어난 다리아가 자전거를 타고 카메라 앞으로 다가오는 장면이다. 다리아는 분홍색 헬멧을 쓰고 입을 꽉 다문 채 미소를 짓고 당당하게 앞을 쳐다보고 있다.

다리아는 엄마에게 물었다.

"엄마 나 계속 잤어?"

다리아의 어머니는 그녀에게 말한다.

"그래. 넌 잠자는 숲속의 공주였어."

나에게 잠은 희한한 놈이다. 아플 때는 미친 듯이 잠을 잔다. 몇 달이고 먹고 자기만 했다. 우울증의 경우 과수면을 보이는 사람이 있고, 불면증을 보이는 유형이 있는데 나는 전자이다. 반면, 건강할 때는 불면증을 앓는다. 그러니 내 경우, 잠이 너무 달콤할 때는 아픈 상태이고, 잠이 오지 않는 불면은 오히려 내가 건강하다는 증거인 셈이다.

최종 취침 시각: 오전 6시 12분
(일어났을 때 내 얼굴은 한참을 돌아다니다가 집에 온 사람의 얼굴이다.)

비밀 머저리

내 친구 된장(친구의 이름이다.)은 말한다. "연두부가
되면 모든 게 잘된다." 나는 그게 무슨 소리냐고 된장에게
묻는다. 사람에게 기대지 않는 상태가 연두부의 정의라고
된장은 말한다. 그건 무감각하고 비겁한 게 아니냐고 나는
되묻는다. 기대를 안 하지만 사랑은 있는 상태,라고 된장은
연두부를 재정의한다. 그게 뭐지? 나는 되묻는다. 사람의
가장 큰 약점은, 조금이라도 정신을 놓으면 다시 사람이 되어
버린다는 점이야. 사람으로 돌아가려는 관성이 사람의 가장
큰 단점이야. 하지만 미간에 정신을 집중하면 연두부가 될 수
있어. 아무것에도 기대를 걸지 않는 나 자신에게 만족하는
상태랄까. 그런데 체념한 상태와는 또 달라. 된장이 말한다.
오. 나는 반응한다. 혼란 한가운데 연두부의 자리가 있어.

거기에 집중하면 돼. 된장이 말한다. 연두부는 일종의 태풍의
눈인가. 내가 질문한다. 그런데. 된장이 눈빛을 빛낸다.
정말 연두부가 되면. 된장의 눈빛이 진해진다. 신이 잡아가.
된장의 눈빛이 풀린다. 왜? 나는 따진다. 쓸 만한 사람이 되면
부리려고 데려가는 거지. 완성되면 죽어. 된장은 설명한다.
빵이 다 구워졌으니 오븐에서 꺼내자. 뭐 그런 건가. 내가
추측해 본다. 연두부가 되면 죽어. 된장이 말한다. 그런데
너는 아까 연두부가 되면 모든 게 잘된다고 말했어. 내가
항의한다. 난 그런 말 한 적 없어. 된장이 발뺌한다.

　　방금 쓴 일기는 아무 말이다. 내가 아무 말을 하게 된
경위는 다음과 같다.

　　나는 비밀에 관한 글을 마감해야 한다. 그런데 나는
비밀에 소질이 없다. 그냥 방금 한 말이 바로 나의
비밀이었다고 말하는 것으로 이 글을 비밀에 관한 글로
만들 수도 있다. 이처럼 나는 비밀을 함부로 다룬다.
나는 친구에게 비밀에 관한 산문을 써야 한다고 말했다.
그런데 자꾸 미루게 된다고 말하니 친구는 "주제가
광범위하네."라고 대답했다. 그렇게 말하니 비밀이 문득
광범위하게 느껴졌다. 아무 말이나 지껄인 다음 "지금까지
제가 한 말은 비밀로 해 주세요."라고 쓰면 되지 않을까?

친구에게 의견을 물으니 좋은 생각인 것 같다고 격려했다.
그래서 아무 말을 쓰려고 연필을 쥐었다.

　　그런데 아무 말은 어떻게 하는 거지?

　　문득 아무 말을 하려고 하니, 아무 말이 비밀보다
복잡하고 어렵게 느껴진다. 연두부에 관한 아무 말을 끄적여
보았으나 분량을 채우지 못했으므로 비밀이라는 주제로
돌아왔다.

　　비밀번호에 대해 말해 볼 수 있을지도 모르겠다. 며칠
전에 내 네이버 아이디가 해킹을 당했다. 그래서 네이버에서
아이디 이용 제한 메일이 날아왔다. 내 아이디로 작성된
스팸성 게시글이 있는데 내가 한 짓이 맞는지 묻는
메일이었다. 메일은, 이용 제한 해제 방법을 안내해 주면서,
한 번 더 이런 상황이 발생할 경우 30일간 네이버 서비스
글쓰기가 제한될 거라고 경고했다. 본문에는 첨부된
'회원님의 아이디로 작성된 스팸성 게시물'의 내용은 다음과
같다.

　　서비스: 쪽지

제목: 파동 공략님 오늘도 대,박~

ㄴ ㅏ세요……!!

사유　　: 스팸 홍보

작성 일시 : 2020-01-09 18 : 53

작성 IP　: ***.**.*.***

누군가에게 대박 나라고 해서 스팸 처리되었구나…….
사실 며칠 전, 네이버에서 세 번이나 내게 메시지를
보냈었다. 내 아이디가 새로운 환경에서 로그인되었다고.
새로운 환경……. 왠지 끌렸다. 새로운 환경은 분명 여기보다
나을 텐데. 거기서라면 내 아이디가 잘 살지 않을까.
네이버는 다음과 같이 안내했다.

　　아래의 로그인이 회원님의 활동이 맞는지 확인해 주세요.
　　회원님의 활동이 아니라면, 다른 사람이 비밀번호를 알고 있는
　　것입니다.

화면 하단에는 두 개의 버튼이 있었다.

아니요(내가 아닙니다.) vs 네(내가 맞습니다.)

나는 '내가 아닙니다.'와 '내가 맞다.'의 대결 구도를
흥미롭게 지켜보다가 '별일 있겠어.' 하고 무시했다. 그런데
자기 전, 한 통의 메일이 날아왔다. 누군가 내 아이디로
다시 로그인을 시도한 것이다. 그러자 걱정이 들었다. 정말
해킹당하면 어쩌지? 네이버 아이디가 도용된다면, 해커가
내 블로그도 털 수 있을 텐데. 내 블로그엔 비공개로 돌린
방대한 일기가 저장되어 있다. 누군가 그 일기를 읽기 위해
아이디를 해킹하는 거라면? 나는 허겁지겁 비밀번호를
바꾸고 여러 가지 잠금장치를 달았다. 그리고 블로그에
들어가 많은 분량의 일기를 삭제하고 한글 파일로 저장했다.
그러나 나의 아이디는 이미 해킹당한 상태였고, 그 누군가는
이 세상의 또 다른 누군가들에게 "대박 나세요~"라는 쪽지를
보낸 상태였으며, 대박 나라는 말에 기분 상한 누군가가 내
아이디를 신고한 것이다. 그러나 나는 조금은 안도했다. 내가
두려웠던 건 일기를 도난당하는 것이었기 때문이다. 나는
내밀한 것을 도둑질당할까 봐 두려웠다. 차라리 누군가에게
대박 나라고 해서 혼나는 편이 나았다.

늘 쉬운 비밀번호를 사용하는데 이번엔 비밀번호를
조금 신경 써서 바꿨다. '스플래시데이터'라는 단체에서는
나 같은 머저리를 위해 매년 최악의 비밀번호 랭킹을
발표한다. 2015년의 최악의 비밀번호는 123456이었다. 제니

웰런의 기사에 따르면, 영국의 국가 사이버 보안 센터가
공개한 바로, 123456이 해킹된 계정 중 가장 흔히 사용된
비밀번호였다고 한다. 해킹당한 계정 중 무려 2300만 개의
계정이 이 비밀번호를 사용했다고 한다. 그리고 123456이
자신을 보호할 수 있을 거라고 믿는 머저리 중 하나가
바로 나다. 비밀번호로 사람 이름을 쓰는 경우도 허다한데,
가장 흔한 이름은 Ashley이다. 다음으로 가장 흔한 것은
Michael, Daniel, Jessica 그리고 Charlie. 캐릭터 이름도 흔히
사용되는데, 가장 흔한 것은 Superman, Naruto, Tigger,
Pokemon 그리고 Batman이라고 한다. 자신의 이름 혹은
누군가의 이름이 비밀이 되기에 적합하다고 생각하는
것이다. 사랑하는 인간의 이름을 비밀로 사용하다니. 비밀
머저리. 그게 바로 나다. 나 또한 나의 반려 돼지 인형
말씹러(malchiper)를 비밀번호로 사용하니까.

　여기까지 쓰니 비밀에 관해서 할 말이 생각났다. 곤란한
질문을 받았을 때, "비밀이에요."라고 답하면 꽤 효과적이다.
"키 몇이세요?" "비밀입니다." "가장 죽고 싶었던 순간이
언제예요?" "비밀이에요."
　대답을 회피하기 위해 설명을 구구절절 늘어놓는
대신 프라이빗한 느낌을 주면서 상황을 빠져나올 수

있다. 그럼에도 불구하고 집요하게 묻는다면 모든 말에 "비밀이에요."로 퉁치면 좋다. 누군가 내게 말 거는 게 싫을 때 이용하면 된다. 일명, 비밀로 발라 버리기, 비밀로 조지기 수법인데…….

〈예시〉

─오늘 날씨 좋죠?
─비밀입니다.

─토마토 스파게티랑 리소토 두 개 시켜서 나눠 먹을까요?
─비밀입니다.

─좋은 하루 보내세요!
─그건, 비밀입니다.

─비를 맞고 계시군요. 우산 같이 쓸래요?
─비밀이에요.

─내일 언제 볼래요?
─비밀입니다.

이렇게 비밀 머저리, 비밀 꼴통이 되면, 당신을 겪어 본
사람은 당신을 잘 모르는 사람에게 "쟤한테 말 걸지 마……."
하고 안내해 줄 것이고, 그 덕에 사람들은 점차 당신에게
말을 걸지 않을 것이며, 그 결과 당신은 혼자가 될 테지만,
어느 날, 모든 말에 비밀이라고 말하는 당신을 갑자기
이해하고 깊이 사랑할 유일하고 특별한 단 한 사람을 만나게
되기 때문에, 그 사람과 내밀하고 정겨운 삶을 살게 될
것이다.

　아, 맞다. 할 말을 잊을 뻔했다.

　지금까지 제가 한 말은 비밀에 부쳐 주세요. 진심입니다.

앞으로 달리는 것으로 과거 수리하기

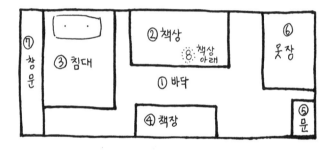

내 방은 이렇게 생겼다.

지금은 새벽 2시 27분이다. ⑧에 쌓여 있는 오늘의 새벽 식량 오레오 한 통을 꺼냈다. 포장지 겉면에는 제조원이 적혀 있다.

강원도 철원군 김화읍 외골길

　오레오도 외골길에 산다…… 오레오도 외골길에
산다……. 이렇게 중얼거리니 왠지 외롭지 않다. 오레오를
씹어 먹으며 내가 좋아하는 게임, 쿠키런을 켰다. 나의
쿠키런 스승 우기는 몇 년 전에 학교 동기들을 모아 쿠키런
모임을 만들었다고 했다. 학교 근처 조용한 카페(둥근
테이블이 있는)에서 쿠키를 먹으며 경기를 뛰는 모임이라고
한다. 쿠키를 먹으며 쿠키런을 하는 모임이라니. 나도 끼고
싶다. 새벽 2시 30분. 나도 친구를 찾아 쿠키런을 켠다.
　요즘 나는 쿠키런의「시간 구출 대작전」에 빠져 있다.
「시간 구출 대작전」의 미션은 시간 여행을 떠나 잘못된
과거를 수정하는 것이다. 신규 쿠키인 크루아상 쿠키는 직접
만든 시간 여행기를 타고 일그러진 시간의 균열을 수리한다.
그런데 크루아상 쿠키는 늘 고글을 쓰고 있다.
　"시간 여행할 땐 고글을 꼭 써야 해!"
　과거로 돌아가는 여행을 할 때는 못 볼 걸 보게 되는지
눈을 꼭 보호해야 하나 보다. 과거에 쓴 일기나 글을 읽을
때도 고글이나 선글라스를 끼는 것을 추천한다. 우리의
정신적 시력과 마음의 각막과 망막을 보호하기 위해서…….
　"시간 여행을 떠나서 잘못된 과거를 수정해야 해!"

게임을 시작할 때마다 크루아상 쿠키는 외친다. 쿠키의
다짐은 일기를 쓸 때의 심정과 비슷하다. 이 다짐이 좋아서
하루에 몇 시간씩 쿠키런을 한다. 크루아상 쿠키는 시간
여행기를 타고 비행한다. 시간 여행기와 시간 균열의 높이를
맞춘 뒤 광선을 쏘면 시간의 균열이 수리된다. 그리고 시간
에너지가 꽉 차면 시간이 수리된다.

　내가 이 게임에서 제일 좋아하는 부분은 쿠키가 앞으로만
달린다는 점이다. 쿠키에게는 뒤로 가는 능력이 없다. 쿠키는
가만히 있어도 저절로 앞으로 달리게 되어 있다. 앞으로 가는
것만 가능한데 그게 과거를 수리하는 길이라고 한다. 과거를
수리하기 위해 과거로 돌아갈 필요가 없고 그냥 앞으로 미친
듯이 달리기만 하면 그게 과거를 수리하는 것이다.

　"나만 믿어! 뭐든 고쳐 줄게!"

　크루아상 쿠키는 말한다.

　"최고의 시간 기술자가 될 거야!"

　나는 쿠키런의 대부분의 쿠키를 좋아한다. 왜냐하면
그들의 입꼬리는 늘 한쪽으로 올라가 있으며 대상이
무엇이건 간에 용감하게 비웃고 있으므로…….

　며칠 내리 쿠키런만 했더니 내가 과거보다 일찍 도착해서
과거가 오기를 기다려야 했다. 아직 과거가 만들어지지

않아서 5일을 기다려야 했던 것이다. 5일을 기다리자 맵이
열려서 다시 과거를 향해 미친 듯이 뛰었고, 열심히 모은
시간 에너지로 시간을 수리했다.

누군가를 너무 많이 사랑했던 것에 대한 치유는 과거로
돌아가는 것이 아니라 다른 것을 더 많이 사랑하는 것이다.
그게 쿠키들이 미친 듯이 앞으로 달리면서 과거를 수리하는
모습과 비슷하다. 갑자기 이런 이야기를 하는 이유는
최근에 읽은 롤랑 바르트의 『사랑의 단상』 때문이다. 이
책을 읽고 무엇이든 사랑과 연결 지어 생각하는 버릇이
생겼다. 나는 쿠키런을 끄고 ⑥의 문을 열었다. 그리고
주렁주렁 걸린 코트들 사이에 숨겨 놓은 오늘의 두 번째
새벽 식량(크림치즈가 두툼하게 발린 베이글)을 꺼내 한 입
베어 물었다. 그리고 ③으로 이동한 뒤 배를 깔고 누워 롤랑
바르트의 『사랑의 단상』을 폈다.

연민 COMPASSION. 사랑의 대상이 사랑의 관계와는
무관한 이런저런 이유 때문에 불행하거나 위험에 처해 있다고
느끼거나 보거나 알 때, 사랑하는 사람은 그에 대해 격렬한
연민의 감정을 느낀다.[32]

32 롤랑 바르트, 김희영 옮김, 『사랑의 단상』(동문선, 2004), 90쪽.

사랑에 빠지면 사랑하는 이가 느끼는 고통을 내 것처럼 느끼게 된다는 익숙한 내용인데, 흥미로운 건 조건절이다. 이 문장은 하나의 예외 사항을 달고 있다. "사랑의 대상이 사랑의 관계와는 무관한 이런저런 이유 때문에 불행하거나 위험에 처해 있다고 느끼거나 보거나 알 때."

상대방의 고통이 사랑이나 연애와는 무관한 고통일 경우에만 동일시가 가능하다는 말이다. 만일 내가 사랑하는 사람이 다른 사랑 때문에 고통스러워하는 것을 내가 연민한다면, 나는 그 사람을 사랑한다고 말할 수 있을까? 이 상황에서 상대방의 고통을 함께 느끼지 못하는 나의 불감은 역설적이게도 나의 사랑을 가장 강렬하게 암시할 것이다. 그 사람의 고통에 대한 불감, 그 사람의 고통을 향한 나의 비-사랑이야말로 상대에 대한 나의 사랑을 증명하는 게 아닌가.

그런데 정말 크게 사랑하면 그런 고통까지도 함께할 수 있지 않을까? '사랑의 대상이 사랑과 유관한 이런저런 이유 때문에 불행할 때에도, 사랑하는 사람은 그에 대한 연민의 감정을 느낀다.'라고.

정말 크게 사랑하면 내가 사랑하는 자가 다른 사랑 때문에 고통스러워하는 것까지도 함께할 수 있을까? 그런데 더 읽어 보니 롤랑 바르트는 고통의 합일이 아니라 애정 관계에서 고통의 동일시가 불가능하다는 이야기를 하고 있었다.

> 나의 동일시는 불완전한 것이다. (……) 왜냐하면 내가
> '진지하게' 그 사람의 불행에 동일시하는 순간, 내가 그
> 불행에서 읽는 것은 그것이 나 없이 일어났으며, 이렇듯 스스로
> 불행해진 그가 나를 버리고 있다고 생각되기 때문이다. 나와는
> 무관한 이유로 해서 그 사람이 그토록 괴로워한다면, 그건 내가
> 그에게 별로 중요하지 않다는 것을 의미한다. 그의 고통이 내
> 밖에서 이루어지는 한, 그것은 나를 취소하는 거나 다름없다.[33]

롤랑 바르트에 따르면, 우리는 상대방의 괴로움에 완전히
동참할 수는 없는데, 그것은 상대방이 어떤 불행으로
괴로워할 때 나는 소외되기 때문이다. 하기사, 내가 상대방의
고통을 잠재울 수 있다고 믿는 것은 연애를 시작하고
14일하고 세 시간 이십칠 분까지만 가능하지 않은가. 이
믿음이 깨지는 것에서 첫 번째 관계의 발전이 이루어진다.
상대방의 고통과 희망의 원천은 한때 나였으나, 이제 상대는
내가 아닌 다른 고통과 행복에도 눈을 돌린다. 관계의 발전은
다른 고통에게 나의 자리를 내어 주는 것으로, 상대가 내가

---

33 위의 책, 91쪽.

아닌 이유로 행복해하고 내가 아닌 이유로 절망하는 모습을 받아들이며 시작된다.

최종 취침 시각: 오전 6시 6분

편지 광기

 나는 며칠 전 성실한 이해자(친구의 이름이다. 이후
'성자'.)에게 클라리시 리스펙토르의 소설 『G.H에 따른
수난』의 한 구절을 읽어 주었다. 며칠 뒤 성자의 블로그에
들어가 보니, '친구가 읽어 준 그 구절을 찾으며 책을 읽고
있다.'라고 적혀 있었다. 내가 읽어 준 그 구절을 다시 읽기
위해서 그 책을 읽고 있던 것이다.

 사실 나도 비슷한 짓을 하고 있었다. 몇 주 전에 나는
호저가 추천해 준 크리스 크라우스의 소설 『아이 러브 딕』을
사서(도서관에는 『아이 러브 딕』은 없고 『아이 러브 기니피그』만
있다.) 읽었다. 소설을 다 읽고 난 뒤, 호저가 인스타그램에
그 소설의 한 구절을 올린 것을 보았는데, 나는 읽은 기억이
없는 구절이었다. 그래서 그 구절을 찾기 위해 다시 『아이

러브 딕』을 폈다.『아이 러브 딕』을 호저가 쓴 것도 아닌데
나는 그 책에서 호저를 찾고 있었고, 내가『G.H에 따른
수난』을 쓴 것도 아닌데 성자는 클라리시 리스펙토르의
책에서 나를 찾고 있었다. 남의 책에서 서로를 찾고 있는
꼴이랄까.

　　호저와 나는『아이 러브 딕』을 읽고 전화 스터디를
하기로 했다. 그런데 책의 3분의 2를 다시 읽었는데도
호저가 인스타그램에 올린 그 구절을 찾지 못하고 있었다.
다행히 통화 직전에 그 구절을 발견했는데, 웃긴 점은 내가
그 부분에 이미 밑줄을 그어 놓았다는 사실이다. 더 웃긴
건 그 문장은 크리스 크라우스의 문장이 아니라 그녀가
인용한 다른 누군가의 문장이었다는 점이다. 그리고 지금
나는 크리스 크라우스가 인용한 문장을 인용한 호저의
인스타그램을 이 글에 인용하고 있다. 나는 갑자기 이 상황과
우리의 대화, 그리고 나아가 우리의 영혼이 모두 일종의
인용이라는 생각에 빠졌다. 그리고 나는 호저가 인용했던
그 문장을 발견하자마자 왠지 책을 다 읽어 버린 기분이
들었으므로 책을 덮었다.
　　『아이 러브 딕』은 크리스라는 인물이 딕을 스토킹하는
이야기이다. 작중 인물과 저자의 이름이 동일한 것에서

유추할 수 있듯 딕은 크리스가 스토킹한 실존 인물이며 소설이 출간되자 딕은 크리스를 고소한다. 소설은 크리스가 남편의 지인인 딕에게 반하면서 시작한다. 크리스는 딕에 대한 생각을 떨칠 수 없어 글을 쓰기 시작한다. 그리고 남편 실베르에게 딕에 관한 감정을 털어놓는데, 실베르는 되레 크리스더러 딕에게 편지를 써 보라고 권유한다. 그러자 크리스는 창피할 것 같으니 실베르도 딕에게 편지를 한 통 쓰라고 청한다. 그리하여 부부는 함께 연애편지를 쓴다. 크리스가 쓸 내용을 읊으면 실베르가 타이핑한다.(이와 별개로 각자 편지를 쓰기도 한다.) 이 '공동의 편지 쓰기'를 통해 부부의 대화는 예전보다 풍성해지고 성생활은 불타오른다.

이전 글에서 나는 사랑하는 상대가 내가 아닌 누군가를 사랑하는 것까지도 함께할 수 있는가, 라는 주제를 언급했는데 여기 비슷한 사례가 있다. 조금은 다른 맥락이지만 말이다. 어떤 남자에게 홀딱 반해 버린 아내를 도와 연애편지를 쓰는 남편 실베르는 모든 것을 뛰어넘을 만큼 아내를 사랑해서 그러는 것일까? 아니면 그냥…… 변태여서 그런 것일까……?

쓰다 보니 편지가 너무 많이 모여서 그들은 편지를 출간하기로 계획한다. 그리고 딕에게 동의를 구하는 편지를 쓴다. 그리고 그 후에도 그들은 끊임없이 편지를 쓴다. 말 그대로 쓰고 또 쓴다. 사흘 만에 무려 80쪽을 쓴다.

여기까지가 1부의 내용이다.

2부는 더 흥미롭다. 크리스의 연애편지는 점점 성격이 변해 간다. 처음에는 딕에게 고백하는 내용이 주를 이루지만 뒤로 갈수록 딕의 이야기는 현저히 줄어든다. 딕이 크리스를 고소한 이유는 사실, 책 제목은 '아이 러브 딕'인데 자기 얘기가 너무 안 나와서가 아닐까? 형식은 늘 딕에게 보내는 편지이지만 내용은 점점 일기가 되어 가고 자서전이 되어 가며 나아가 비평서가 되고 르포물이 된다.(그녀는 마야인 반란군 지도자 에프라인 바마카의 아내 제니퍼 하베리의 단식 투쟁에 관한 이야기를 쓰고, 후고 발, 제인 볼스의 편지, R. B. 키타이의 그림, 제니스 조플린의 생애, 루이스 콜레, 그리고 유대인에 관하여 쓴다.) 더불어 크리스는 글쓰기에 관하여, 문학에 관하여 얘기한다. 어느 순간 '딕에게'는 그저 글을 시작하기 위한 주문에 지나지 않는 느낌이다.

이 책을 읽고 있던 시점에 나는 스토킹을 당하고 있었고, 따라서 처음에 나는 이 소설을 크리스가 아니라 딕의 입장에서 읽었다. 내가 겪는 스토킹은 극단적인 경우를 제외하면 대부분 '글'과 관련한 어떤 것이다. 그런데 지금 내가 이 글에서 얘기하고 싶은 주제는 스토킹의 피해가 아니라(당연히, 스토킹은 범죄이다.) 듣기와 쓰기에 관한 이야기이다.

내가 주로 겪는 스토킹은 글 스토킹이자 끊임없는
연락이다. 글 스토킹이란 글로 하는 스토킹이다. 크리스가
딕에게 보낸 글 다발처럼 한 사람에게서 메일 다발이 온다.
스토킹 메일은 일반 독자들에게서 오는 메일과 다르다.
스토커의 글은 나와 자신을 연인 관계라고 상정하고 쓰인다.
몇은, 내가 어딘가에 쓴 글을 자신에게 보내는 신호라고
생각하기도 한다. 그들은 메일로 고백을 하기도 하고,
사적인 관계와 만남을 유도하는데, 거절당할 시에는 분노를
쏟아내며 욕을 하거나 위협을 한다. 이때 내가 느끼는 감정은
누군가가 갑자기 나타나 위협을 가할지 모른다는 두려움,
그리고 얼굴도 모르는 적이 생겨 버렸다는 슬픔 등이다.

나는 이 글에서 스토킹으로 인한 나의 괴로움을
얘기하려는 것이 아니라 듣기와 쓰기에 관한 이야기를
하려고 한다. 나는『아이 러브 딕』을 딕의 입장에서 읽었기
때문에 처음엔 크리스가 싫었다. 그런데 솔직히 크리스의
편지는 너무 재미있다. 스토킹을 당할 때 나는 매번 복합적인
감정을 느낀다. 나의 의문은 내가 어디까지 그들의 말과
이야기를 들어주어야 하는지, 그리고 누군가 내게 말을 거는
것을 내가 막을 권리가 있는지, 하는 것들이다. 중요한 건
그들이 글을 정말 많이 쓴다는 것이다. 그것도 아주 아주
많이! 그리고 크리스처럼 다채로운 장르를 넘나든다.

연애편지 쓰기-반성문 쓰기-항의문 쓰기-자서전 쓰기-문학 작품
쓰기

　　스토커로부터 오는 메일과 연락이 일상생활에 지장이
될 정도로 많아지면 나는 그만해 달라고 부탁한다. 그러면
상대방은 (대체로) 사과를 한다. 나는 사과를 해 줘서
고맙다고, 그리고 잘 지내라고 답장한다. 그러나 하루도
지나지 않아 다시 편지가 온다. 본인이 사과를 했다는 사실에
화가 났다는 내용의 편지다. 그리고 분노가 섞인 항의문도
날아온다. 내가 자신을 잘 모른다는 내용이 그것이다. 그래서
자신이 어떤 사람이고 어떤 인생을 살아 왔는지에 관한 긴
자서전을 보낸다. 가끔 그들의 글에서 멋진 구석을 발견할
때가 있다. 그래서 나는 그들이 그 글로 소설이나 시를
쓰면 좋겠다고 생각할 때도 있다. 그들은 나아가 자신이 쓴
소설이나 시를 보낸다. 하지만 나는 그들의 글을 읽을 때
송구스러움을 느낀다. 나는 답장을 하면 안 되기 때문이다.
그들이 원하는 것을 줄 수 없는 한, 답장을 하면 안 되니까.
답장을 하는 순간 나는 그들과 관계를 맺었다는 사실에
대한 책임을 져야 하므로. 그들은 다시 사과하고 다음 날
또 항의문을 보내고, 처음으로 돌아가는 과정을 반복한다.
'보영에게……' 창작에 다시 불을 지피는 것이다. 그래서

생각했다. 어쩌면 나는 그들로 하여금 글을 쓰게 만드는 텅 빈 버튼이거나 동기 혹은 계기가 아닐까? 사실 그들에게 나는 없어도 되는 존재가 아닐까? 내가 답장을 보내든 혹은 침묵하든 그들은 무조건 쓰기 때문이다. 나는 그저 누군가로 하여금 그들의 말과 언어를, 작업물을 세상에 꺼내 놓게 만드는 기계 장치일지도 모른다. 크리스에게 딕이 그런 것처럼. 그러면 내가 그들의 발화를 막는 건 누군가의 창작물을 막는 것과도 비슷한 게 아닐까? 친구들에게 이런 이야기를 하니 내가 스토킹을 너무 많이 당해서 이제 미친 것이라고 했다. 그렇다……. 나는 그들이 무섭다. 나는 두려움에 떤다. 다만 그들이 글은 계속 썼으면 좋겠다. 다만…….

크리스가 언제부터인가 '딕에게'라는 주문 없이 글을 시작할 수 없게 되었듯이 크리스에게 필요한 건 딕의 사랑이 아니라 '딕에게'라는, 글을 시작한 계기일 뿐이었는지도 모른다.

나는 편지를 좋아한다. 특히 독자들이 보내는 편지를 모두 소중하게 보관한다. 한 독자는 내가 일기 딜리버리를 보내면 '일기 딜리버리 반사'라는 것을 보낸다. 내가 보낸 일기에 자신의 일기로 답장을 보내는 것이다. (너무 고맙다.)

그녀는 내가 독자들에게 우편으로 된 편지를 보내는 것처럼
종이봉투에 자신의 일기를 넣어서 주기도 한다. 처음에
그녀의 일기는 주로 나에 관한 이야기였다. 그게 너무
좋았다. 내 이야기를 읽는 게 제일 재밌으니까. 그런데 점점
나에 관한 이야기가 줄어들었다. 마치 소설 속에서 크리스가
후반부로 갈수록 딕에 관한 이야기를 하지 않는 것처럼.
그녀의 일기는 이제 자신의 연애 이야기, 창작에 관한
이야기, 문학에 관한 이야기, 영화 이야기, 친구들 이야기로
가득하다. 나는 그것에 적응해야 했다. '누군가가 내게
보내는, 내 이야기가 없는 누군가의 이야기'에 말이다.

　나는 언제부터인가 그 편지를 하나의 창작물로 생각하기
시작했다. 누군가가 내게 소설을 보내 주고 있다고 말이다.
그녀는 가끔 내게 미안하다고 말한다. 끊임없이 보내기만
해서 미안하다고. 하지만 누군가의 창작에 내가 어떤 동기가
되거나 루틴이 될 수 있다면 그것도 좋은 게 아닐까? 나는
그녀의 편지를 즐겁게 읽고 답장도 보낸다. 하지만 그에 대한
답장은 오지 않는다……

　편지가 쌓일수록 그녀의 필력은 늘었고 결국 작가가
되었다. 그래서 나는 축하 답장을 보냈다. 이번에도 답장은
못 받았다. 혹시 날 수신 차단한 게 아닐까? 아님 발신 전용
메일이거나. 그리고 그녀는 오늘도 내게 편지를 보낸다.

내일도 보낼 것이다. 나는 그녀의 편지를 가끔은 안 읽는다. 왜냐고? 중요한 건 누가 읽느냐, 혹은 누가 듣느냐, 가 아니라 누군가 끊임없이 '쓰고 있다'는 사실이기 때문에.

마지막으로 내 친구의 이야기를 해 보려고 한다. 친구는 자신의 친구들이 군대에 가면, 그들에게 편지를 쓸 수 있기 때문에 좋았다고 했다. 평소에는 편지를 쓸 명목이 없는데 친구들이 입대를 하면 편지를 쓸 명목이 생기기 때문이다. 친구는 편지광이기 때문에(참고로 네이버 맞춤법 검사기에 이 문장을 돌리면 '편지광은 사전에 없거나 표준어가 아니므로' 수정 문구로 '편지 광기'를 추천한다.) 친구는 글을 쓰기에 가장 좋은 빌미가 편지라고 했다. 친하든 친하지 않든 지인이 군대를 가면 편지를 썼다.

친구는 일기 쓰기보다 편지 쓰기를 더 좋아하는 것처럼 보였는데, 혼자 쓰는 일기와 달리 편지는 읽는 사람이 정해져 있어서 글이 더 술술 나오기 때문인 듯했다. 친구는 혼자 읽는 글은 이제 그만 쓰고 싶었고 누군가 자신의 글을 읽어 주었으면 했다. 그것은 그녀에게 동력이 되었다. 그래서 친구는 수많은 편지를 부쳤다. 창식이에게, 민성이에게, 준수에게, 장군이에게, 소진이에게, 동수에게…….

그러나 친구는 어느 날부터 군대에 있는 친구들에게 편지

보내기를 그만뒀다. 편지를 너무 많이 썼더니, 그녀가 연애 감정이 있어서 편지를 쓰는 것이라고 상대방이 착각했기 때문이다. 휴가를 나온 친구들이 그녀에게 데이트를 하자고 연락했고 고백을 해 왔던 것이다. 졸지에 열 명의 남자 친구가 생길 위험에 처한 나의 친구는 그들의 고백을 정중하게 거절하고 편지 쓰기를 관뒀다. 친구는 고백을 해 온 친구들에게 이렇게 말했더랬다.

"미안해…… 정말 미안해…… 난 그냥 글을 쓰고 싶었어……."

포장의 달인

친구는 내게 묻는다.

"오늘 마감 있어?"

예전에는 이 말을 하는 게 어색했다. 직장인은 출근한다고 말하는 게 당연한데, 나는 마감이 있다고 당당하게 말하지 못했다. "오늘 마감 있어."라고 말하면, 글 쓴다고 생색내는 기분이 들기도 하고, 약속 잡기 싫어서 둘러대는 기분이 들었다. 내게 '마감'은 피자집 아르바이트를 할 때나 쓰던 단어였다. 매장 의자를 테이블에 거꾸로 올려놓고 청소기 돌리기, 음료 기계의 뭉툭한 주둥이를 뽑아 뜨거운 물에 담가 때 벗기기, 주둥이가 뽑힌 음료 기계 구멍에 코피를 막듯 냅킨을 돌돌 말아서 꽂기, 갈릭 소스 통 채우기가 내게 '마감'이었다. 지금은 그것과 거의 같은 의미로

마감이라는 단어를 사용한다. 이렇게 되기까지 시간이 걸렸다. 글쓰기를 직업이라고 스스로 인정하기까지 말이다. "직업이 뭐예요?"라는 질문을 받았을 때, 나는 "시인입니다." 하고 답한다. 상대는 다시 묻는다. "그러면 직업은 뭐예요? 직업은 따로 있을 거 아니에요." 돌아온 질문에 이제는 "시인이 직업이에요." 하고 말한다. 독자들에게 손으로 쓴 글을 보내고 받는 구독료, 작품을 발표하고 받는 원고료, 책을 팔고 받는 인세. 모든 돈이 내게 어려웠다. 피자집에서 카운터를 볼 때는 음식값을 지불하는 사람이나 돈을 받는 사람이 서로에게 미안해하지도 않고 어색하지도 않은데 글을 쓰고 돈을 받을 땐 이상하게 고개를 숙이게 되었다. 왜일까. 글은 돈으로 환산할 수 없다고 생각했던 걸까? 아니면 글쓰기는 노동이 아니라고 생각했던 걸까. 그런데 글쓰기가 노동이라고 받아들인 뒤에는 더 이상 원고료를 받는 것이 부끄럽지 않다.

2018년 겨울에 시작한 '일기 딜리버리'는 나의 주 수입원이다. SNS로 구독자를 모으고, 독자들에게 우편과 메일로 글을 보내는 편지 우편 서비스이다. 구독료는 한 달에 만 원, 석달은 2만 7000원이다. 우편 원고의 경우, 손글씨로 쓴 글을 우편 봉투에 넣어 자택으로 발송한다. 전국 각지와 해외로 편지가 날아간다. 미용실, 목욕탕, 식당으로도 편지가 날아간다. 매일 우체국을 들락거리기 때문에 내게는 역세권에 사는 것보다 우세권(집 앞에 우체국이 있는가)이 더 중요하다. 이따금 해외 수신자가 편지 인증을 한다. 사진 속 우편 봉투에서 고된 여행자의 분위기가 느껴진다. 한국에서 보낸 찢어지기 쉬운 몇 장의 종이가 편지 봉투의 보호를 받아 낯선 이국의 땅에 도착한다. 편지 봉투에는 온갖 스티커와 도장이 찍혀 있고 겉은 너덜너덜하지만 내용물은 온전하다. 종이는 생각보다 강하다.

우편을 포장하고 있노라면 내가 작가인지 포장업자인지 헷갈린다. 일기 딜리버리를 준비하는 과정을 요약하면 다음과 같다. 포스터를 만들고 SNS로 구독자를 모집한다. 우편 원고를 쓰고 원고를 복사한다. 포장할 때는 가족들의 도움을 받는다. 잘못된 주소가 있는지 확인한 뒤 스티커 주소를 출력하고 우편 봉투에 스티커를 붙인다. 아빠는 주소 확인 및 출력, 엄마는 스티커 붙이기를 담당한다. 정삼각형으로 앉은 우리는 다음의 과정을 무한 반복한다. 원고 네 번 접기(오른손에만 목장갑을 끼고 접을 때 손날을 이용해 접는 기술 시전), 봉투에 넣고 풀로 동봉하기(봉투를 다섯 장씩 겹쳐 다다다닥 풀칠). 거실에 있는 긴 나무 책상에서 작업을 하기 때문에 흡사 컨베이어 벨트에서 작업하는 노동자처럼 보인다. 글을 쓰고 한바탕의 포장 업무를 마치고 나면 다음 날 우체국에 가서 도장을 찍고 편지를 발송한다.
그리고 미도착 건 접수, 재발송 등의 업무를 보러 우체국을
매일같이 드나든다. 나는 이 시간을 사랑한다. 포장할 때는
시를 안 써도 되니까.

편지를 대량으로 보내는 만큼 돌아오는 독자들의 편지도
다양하다. 그중 흥미로웠던 편지가 있어 (허락을 받고) 옮겨
본다.

| 일기 딜리버리 구독자 육미자님의 편지 |

문보영님, 안녕하세요.

두 번째 우편물은 예상치 않게 등기로 보내 주셨는데
제가 없는 시간에 우체부가 방문하셨고 제가 육미자인 것을
식구들에게는 비밀로 해 둔 탓에 애꿎은 등기는 "수취인
불명"으로 도장 찍혀 저희 집 문턱을 넘지 못하고 우체국으로
돌아가던 중 큰애가 제게 전화를 했습니다.

(장면 1)

"참, 엄마, 육미자라는 사람 알아요?"

"어…… 어? 갑자기 왜?"

"아니, 우체부 아저씨가 편지 한 통을 가지고 오셨는데

육미자라는 사람 여기 사느냐고 하셔서 안 산다고 했거든요."

"그랬더니?"

"그냥 돌아가시던데요."

"어머, 야. 그거 나한테 온 거야. 그걸 왜 돌려보내!?"

"에에? 무슨 말이에요?"

"그냥 그거 내 필명이야. 글 쓸 때 쓰는 이름."

"엄마, 글 써요?"

"아니."

비밀 1차 노출.

그날 오후 지역 우편집중국에 몇 차례 전화를 한 끝에 저희 동네 담당 우체부와 통화를 했습니다.

(장면 2)

"안녕하세요. 수고가 많으세요. 저는 □□□에 사는 김문선이라고 합니다. 오늘 제 앞으로 등기 한 통이 왔는데 저희 집 아이가 돌려보낸 것 같아요. 반송 처리가 된 것이 아니면 제가 다시 받을 수 있는 방법이 있을까요?"

"성함이 어떻게 되신다고요?"

"김문선이요. 보내는 사람은 문보영, 받는 사람은 육미자로 되어 있을 거예요."

"네? 왜? 받는 사람 이름이 왜 달라요? 거기 사는 분

맞아요?"

"네, 김문선은 원래 이름, 육미자는 제 필명이고요, □□□에 사는 것 맞습니다."

"필명이 뭐예요?"

"글 쓸 때 쓰는 이름이요, 별명 같은 거요."

"작가셔요?"

"아니, 작가는 아닙니다."

"그런데 아까 자녀분은 왜 몰라요? 왜 그런 사람 안 산다고 해요?"(계속 의심)

"흠…… 그건 걔가 어려서 그렇습니다."(큰애 이제 고1됨)

"제가 내일 갖다 드리겠습니다."

"번거롭게 해 드려서 죄송하고 감사합니다."

비밀 2차 노출.

이러다가는 앞으로 큰애가 아닌 다른 식구들이 육미자 앞으로 배달되는 편지를 또 돌려보낼 가능성이 높다는 생각이 들었습니다.

(장면 3)

그날 저녁밥 먹기 전, 4인 식구가 둘러앉은 식탁.

"내가 오늘 할 말이 하나 있어. 나한테 필명이 있거든."

"필명? 그게 뭐야?"(5학년 될 둘째)

"응, 작가들이 진짜 이름 대신 쓰는 가짜 이름. 별명이랑
비슷한 거야."

"엄마, 작가도 해? 책도 있었어?"

"아니, 그냥 하나 갖고 싶어서 만들었어."

"엄마 필명은 뭐야?"

"……육미자."

"왜 그렇게 지었어? 그 이름이 좋아?"

"응, 좋아. 아무튼, 앞으로 문보영이라는 시인한테서 엄마,
아니 육미자라는 이름 앞으로 한 달에 두 번씩 편지가 올 건데
그거 엄마한테 온 거니까 잘들 받아 줘."

"엄마, 그 시인이랑 어떻게 알아? 그 시인이랑 친구야?"

"그건 비밀이야."

비밀 3차 노출.

제가 글을 쓰는 사람은 아니지만 이생에서 (쓸 일 없을)
필명을 하나 갖고 사는 것이 그 어느 누구에게도 해가 될 일은
아니라는 생각과 무엇보다 필명이 있다고 생각하니 슬며시
위안이 들기에 필명을 하나 갖기로 결정했지요.

육감자와 육미자를 두고 하루를 고민하다가 육감자는
의도와 달리 육감적으로 들릴 것 같아서 육미자로 결정하고
제 얼굴을 아는 사람들에게 제가 육미자라는 필명을 가지고
있다는 것은 비밀에 부치고 즐거워하던 중 문보영 님의 시와

산문을 읽게 되고, 일기 딜리버리를 알게 되고, '시인에게
편지를 받으려고 내가 필명을 미리 지어놓았는가.'라며
만족하다가 첫 편지를 가까스로 받게 된 후 소감은, 순서 없이
말씀드리자면, 다음과 같이 요약됩니다.

1. 육미자로 이름 짓기 잘했다. 우체부에게 "제가
육감자예요."라고는 말 못 했을 것 같다. "제가
육감적이에요."라고 들릴 것만 같다.

2. 최소한 식구들에게는 비밀을 말하고 비밀이니 지켜
달라고 할 걸 그랬다. 그랬다면 적어도 우체부와 우체부
동료에게는 내가 육미자인 걸 비밀로 할 수 있었을 텐데.

3. 닉네임으로 우편 받으시는 분들은 이런 배달 사고 없이
다들 한 번에 받으셨는지 궁금하다.

4. 일기 딜리버리는 책과 블로그를 통해 읽는 것보다 확실히
시인과의 거리가 멀지 않게 느껴진다. 국민연금관리공단이
보내 주는 우편과 느낌이 너무 다르다. 다른 게 당연하겠지.

5. 꾸준히 구독해서 내가 고른 종이에 인쇄하여 나만의

책으로 만들어야겠다.

　문보영 시인님, 오늘 낮에 라디오에서 나오는 바흐의 음악을
들으면서 이 시대에는 그와 같은 천재가 없는가? 있는데도 못
알아보는가? 잠시 생각했습니다. 문보영 시인님을 알게 돼서
기쁨 이상입니다. 그럼 안녕.

육미자 올림

　이 글은 전업 시인 멸종 시대라는 주제로 쓴 글이다.
공룡 멸종은 자연스러운데 전업 시인 멸종은 어딘가
부자연스럽다. 공룡은 실제로 존재했으니까 멸종도
가능한데, 전업 시인은 존재한 적이 없는데 어떻게
멸종하지? 그러니까 전업 시인 멸종 시대가 아니라 전업
시인 새싹처럼 나타나기 시작했다고 말해 보는 건 어떨까?

내가 떠나온 책상

카페는 이렇게 생겼다.

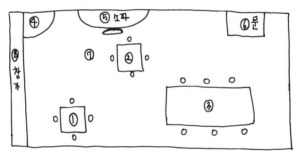

 나는 ①에 앉아 있다. 내가 앉은 테이블에서는 ②번 테이블이 보인다. ②는 내가 앉아 있는 테이블과 똑같이 생긴 1인용 정사각형 테이블이다. 둘 다 네 개의 의자가 테이블을 둘러싸고 있다. '한 명이면 충분한데 왜 의자를 네 개나 갖다 두었지?' 나는 생각한다. ②번 테이블은 내가 앉은 테이블에 비해 조명이 밝아서 책을 읽기에 좋다. 그런데 누가 앉아 차를 마시고 있다. 그 사람이 자리를 뜨면 내가 차지하리라. 머지않아 ②에 있던 사람이 자리를 떴다. 그래서 ②로 자리를 옮기려고 했는데 카페에 막 들어온 사람이 그 자리를 차지했다. 그 사람은 선물 상자들을 테이블 위에 부려 놓았다. 그러고는, 아직 들어오지 않은 일행이 있는지 문가를 쳐다보며 착석했다. 나는 안심했다. 사실 기회가 생길까 봐 신경 쓰였기 때문이었다. 가끔은 차라리 기회가 없었으면 한다. 기회의 다른 말은 번거로움이기 때문에. 덕분에 나는 자리를 옮기는 대신 하던 작업을 이어 갈 수 있었다. 그런데 ②에 앉은 사람이 선물 상자들을 가슴에 안고 6인용 테이블인 ③으로 가 버렸다. 그리고 막 들어온 그의 일행과 함께 음료를 주문했고 그들은 모두 6인용 테이블 ③에 둘러앉았다. 그 바람에 ②가 다시 비었다. 이제 나는 번거로워졌다. '더 나아질 수 있음'. 그 사실이 언제나 나를 성가시게 했다. 늘 그랬다. 나를 괴롭힌 것들은 그런 생김새였다. '더 나아질 수 있음'의 얼굴을 한 것들이 내 삶을 피곤하게 만들곤 했다. 따라서 나는 약간의 피로감을 느꼈고, 나와 같은 것을 원하는 누군가 나타나 나 대신 ②를 채갔으면 했다. 내가 나서지 않게, 내가 바라지 못하게, 어서. 약간의 미련이 '짐 옮기기, 새 출발, 카페 직원 눈치

보기 그리고 새로운 환경에의 적응'보다 낫기 때문에. 나는 확실히 변화보다 미련을 잘 다루므로. 나는 나의 욕심이 불편하지 않다, 고 어딘가에 썼으나, 나는 나의 욕심이 성가시다. 가끔은 그것을 파리처럼 쫓아 버리고 싶다.

그러나 이제 아무도 ②를 원하지 않는다. 이 공간에 나와 같은 것을 원하는 사람은 없고, 그것을 원하는 자는 오직 나 하나뿐이기에 나는 마땅히 그것을 차지해야 한다. 나는 이제 ②로 가지 않을 이유가 없다. '나는 밝은 곳을 좋아하니까 막상 가면 좋을 거야.' 나는 나를 설득한다. 나는 일기장 두 권과, 읽고 있던 시집, 말씹러 초상화 스티커를 붙인 노트북, 갈색 머리끈, 음료, 선물로 받은 붉은 필통 그리고 패딩과 책가방을 주섬주섬 챙겨 ②로 이동한다. 그리고 일기장을 펴 글을 썼다. 나는 글을 쓰는 동안 내가 어디로 갈지 모르고, 무엇을 먼저 쓸지 알 수 없다. 글을 쓰는 한 나는 세상의 순서를 망각하며, 중요한 것과 중요하지 않은 것들의 순위는 내 멋대로 재조정된다. 세상이 중요하다고 말하는 것은 글을 쓰는 동안 중요하지 않고, 세상이 중요하지 않다고 말하는 것 또한 글을 쓰는 동안에는 여전히 중요하지 않다. 나는 그저 떠오르는 것을 불빛 삼아 쫓아간다. 쫓아가다 보면, 중요한 것은 중요하지 않고, 중요하지 않은 것도 중요하지 않아서 나는 고래처럼 잠들어 버린다. 아, 그런데 고래가 잠잔다는 말은 반은 거짓이랬다. 고래는 살면서 단 한 번도 제대로 자지 않는다. 고래는 잘 때 반만 잠든다. 고래의 우뇌와 좌뇌는 돌아가며 불침번을 선다. 자면서 동시에 망보는 기묘한 존재. '자기가 자기 자신의 불침번인 거네. 고래는 평생 단 한 번도 완전히 잠들지 않고 오직 죽을 때 처음 잠이 어떤 건지 알겠어.' 나는 중얼거렸다. 그 순간, 카페 벽면에 쓰인 글귀가 보였다.

A yawn is a silent scream for coffee.

Forget love, fall in coffee.

Coffee doesn't ask silly questions. Coffee understands.

나는 이 문장의 coffee를 모두 change로 바꿔 읽었다.

하품은 변화를 향한 고요한 비명이다.

사랑을 잊고, 변화에 빠져들어라.

변화는 어리석은 질문 따위는 던지지 않는다.

변화는 이해한다.

"의자 좀 빌려도 될까요?" 나는 그러라고 한다. ③에 있던 한 사람이 내 맞은편에 있는 의자 하나를 가져갔다. 마음먹고

②로 옮겼는데 더 많은 것이 변한다. 여기로 옮기자마자 내 뒤에서 의자 끄는 소리가 들린다. 뒤돌아보니, ①도 ③사람들에게 의자를 몽땅 빼앗겼다.

따라서 나는 이제 있던 곳으로 돌아갈 수 없게 되었는데, 그 사실 때문에 왠지 이 변화가 탐탁지 않다. 게다가 옮겨 온 테이블의 좌측인 ⑦에는 난로가 서 있는데 열기가 과하다. 천장 ④에는 스피커가 달려 있어서 음악 소리가 더 크게 들린다. 그리고 벽 쪽에 소파가 있어서(⑤) 소파에 앉은 자들이 나를 향하고 있다. 나는 갑자기 한 번 더 뒤를 돌아본다. 네 개의 의자를 몽땅 뺏긴 테이블. 내가 앉아 있던 곳의 의자가 다 사라지자 기분이 묘하다. 카페나 식당에서, 내가 나가자마자 테이블을 정리할 때처럼 조금 서운하다. 그 감정은 엘리베이터에서 내리지도 않았는데 같이 탄 사람이 손가락을 이미 '닫힘' 버튼에 올려놓은 장면을 목격할 때와 유사하다. '저 사람에게 나는 완전히 필요 없다.' 아무리 오래 살아도 반복되는 이야기. 의자를 다 빼앗긴 ①. 내가 떠나온 곳. 내가 떠났기 때문에 책상은 의자를 몽땅 잃어버리고 말았다. 나는 책상에 빚지고 글을 쓰고 있었는데, 떠나고 보니 나는 책상의 의자를 지키는 수호자였구나. 더 나아질 거라 믿으며 여기로 옮겼는데.

일전에 우기가 이런 이야기를 들려주었다. 초등학교 시절,

우기는 고무 동력기 대회에서 1등을 해서 시 대회에 나갔다.
그런데 대회에서 고무 동력기 조립을 끝내고 날리기 직전,
선생님들이 1등을 한 선배의 고무 동력기 고무를 가져와
바꿔 끼우라고 했다. 우기는 자기 고무가 덜 좋은 것이어도
쓰던 고무를 사용하고 싶었지만, 선생님들의 등쌀에 떠밀려
새 고무로 바꿔 끼웠다. 왠지 느낌이 좋지 않았지만, 선배의
고무는 검증된 고무니까 우기의 것보다 좋을 것이었다.
하지만 좋은 것이 좋은 것일까? 우기는 그런 생각을 하며
낯설고 좋은 고무를 이용해 동력기를 완성했다. 날리자마자
고무 동력기는 삼 초도 날지 못하고 곧바로 땅바닥에
곤두박질치고 말았다. 우기는 미안했다. 자기 자신에게.
그리고 바꿔 버린 고무들에게. 새 고무와 낡은 고무
모두에게. 우기의 마음속엔, 날리지 못한 고무 동력기에 대한
미안함이 아직도 남아 있다. 그 고무 동력기를 향한 미안함은
내가 버리고 떠난 책상에게 느끼는 감정과 비슷하다. 나는
변화를 믿지 않는다. 특히, 변화의 좋은 점을 믿지 않는다.

어디선가 한기가 느껴진다. ⑥은 문이다. 따라서 사람이
나갈 때마다 찬 바람이 들어온다. 사람이 들어올 때도
마찬가지다. ③에 앉아 있던 한 사람이 일어서자, 갑자기
사람들이 모조리 일어나 그 사람을 배웅한다. 그 사람이
나가는 데 오래 걸려서 추위가 길어지고 있다. 그 사람은

문만 열어 놓고 계속 안 나간다. 중요한 사람이라 나가는
데도 오래 걸리는 모양이었다. 사람들이 깍듯이 인사를 하며
한마디씩 했다. 너무 중요한 사람은 되지 말아야지. 추위가
너무 오래가잖아. 나는 그들에 관한 일기를 쓰고 있었는데,
그들 중 하나가 내게 다가와 양해를 구하며 의자 하나를 더
빌려 갔다. 그리하여 오늘 내가 빼앗긴 의자는 총 여섯 개다.
이제 두 개 남았다. 왜 혼자 앉아 있는 사람에게는 의자가
하나면 충분하다고 생각하는 걸까? 나는 시집으로 눈을
돌린다. 시집에는 이런 구절이 있다. "오늘 나는 하루 종일
카페에 앉아 있었습니다. 이 편지를 쓰려고 했어요. 나는
상황에 처하는 걸 좋아합니다. 상황이 나를 어떻게든 이끌어
가도록. 그렇게 어떻게든 상황 속에서 나는 내가 변모해
나가는 걸 좋아하는 것 같습니다. 직면하면서 갱신해 나가길.
나는 카페에서 편지의 상황에 처해 있습니다. (……) 나는
나를 실험하고 있습니다. 나는 나를 실험하고 있었어요,
카페에서. 실험하면서 쓰기 위해서는 무언가 일어나야만
합니다. 나는 커피를 마시며 조용히 앉아 있었고 음악은
흐르고 있었고 무언가 일어나기를 바라고 있었습니다."[34]

34   안태운, 「그 편지를」, 『산책하는 사람에게』(문학과지성사, 2020), 57~58쪽.

평지 걷기

내 방은 다음과 같이 생겼다.

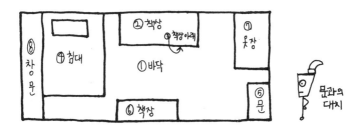

나는 이따금 내 방에서 살아남지 못할 거라는 두려움에
사로잡히곤 한다. 책상과 침대는 벽에 붙어 있다. 내가
원하는 방은 아주 넓은 방이다. 너무 넓어서 책상과 침대가
섬처럼 떨어져 있으면 좋겠다. 그러면 섬에서 글을 쓰는
기분이 들고, 섬에서 잠드는 기분이 들 것이다.

문을 열고 들어가도 여전히 방은 언제나 막혀 있다. 방이 터널 모양이면 어떨까. 앞뒤가 모두 뚫려 있어서 앞으로만 걸어도 탈출할 수 있고, 뒤로 물러나기만 해도 탈출할 수 있을 것이다. 어디로 걷든 입구가 생기는 구조라면 방에서 살아남기 수월할 것이다.

터널 모양의 방

지금은 새벽 3시. 나는 ⑤ 앞에서 서성이고 있다. 방에 대한 지독한 거부감. 나는 방으로 들어가기를 주저한 채 거실 소파에 쥐처럼 앉아 있다. 잽싸게 방으로 들어가 ③(책상 아래)에서 1인용 게임 러시아워를 꺼내 거실로 나왔다. 아이스크림 트럭을 가로막는 차들의 위치를 조정해 트럭을 탈출시키는 게임이다. 이 게임은, 나갈 수 없다는 느낌, 모든 게 가로막고 있다는 막막함, 그리고 내가 나서지 않는 한 상황은 절대 저절로 나아지지 않을 거라는 느낌을 가지고 노는 게임이다. 가로막는 것들을 하나씩 처치하며 아이스크림을 구하던 중 클라이밍에 빠진 호저가 생각났다.

호저는 내게 말했다.

"언니, 클라이밍은 문학맨이 좋아할 스포츠야."

"어떤 점에서?"

여기는 터널이므로 앞으로 걸어 다음 장으로 가시오 ...

"돌과 돌 사이를 이동할 때 어떤 돌을 짚어야 할지 고민해야 하거든? 그래서 돌은 하나의 수수께끼이고 벽은 수수께끼 문제집이야. 중요한 건, 사람이 수수께끼가 아니라 벽이 수수께끼라는 점이야. 사람이라는 비교 대상이 없어지는 거야. 나는 그저 나를 깨는 것에 집중하면 돼."

나는 갑자기 울컥했다. "그럼 사람을 미워하지 않을 수도 있겠네……? 벽을 사랑하면 사람을 잊을 수 있겠네?"

나는 희망에 차서 물었다. 클라이밍은 벽이라는 문제지를 푸는 거구나. 그리고 그건 사람이라는 문제지를 푸는 것보다 훨씬 흥미로워 보였다.

"클라이밍을 하면 점점 동물이 되어 가. 원숭이처럼 소리를 내질러. 벽을 향해 소리치는 거지. 내가 사람이 아닌 것 같아 기뻐."

인생의 대부분의 시간 나는 너무 사람이다. 그래서 종종 사람이 아닌 시간이 필요하다. 가끔은 사람으로부터 멀어지려는 나 자신을 응원하고 싶다. 몇 달 전부터 나는 내 정신이 쇠하고 있음을, 모서리부터 부서지고 있음을 느꼈다. 그러다 완전히 병이 도지자 정신과를 찾아가 상담을 받았는데, 의사도 내게 비슷한 이야기를 했다.

불안장애 환자(나, 이하 불자): 너무 무서워요.

정신과 의사: 뭐가 불안해요?

불자: 이제는 제가 뭘 불안해하는지조차 모르겠어요.

정신과 의사: 잘 생각해 봐요. 너무 오래 생각하진 말고, 할 일이 없을 때 사소하게 생각해 봐요.

불자: 길가에서 누가 제 쪽으로 걸어오면 제가 뭔가를 잘못해서 다가오는 것 같고요, 카페에서 종업원이 서비스로 차를 한 잔 주었는데, 제가 너무 오래 있어서 한마디 하려고 다가온 줄 알고 화들짝 놀랐어요. 아주 작은 자극에도 눈물이 왈칵 쏟아지고 벌벌 떨어요. 그런 상태에서 계속 글을 썼어요. 그래야 불안으로부터 도망칠 수 있어서요. 무서운 기억으로부터 혹은 무서운 미래를 생각하지 않기 위해서 썼어요…….

정신과 의사: 그럼, 무언가를 회피하거나 외면하기 위해 열심히 한 것이기도 하네요.

불자: 글을 쓸 때 진정되니까 글을 썼지만, 지금은 탈진한 것 같아요.

정신과 의사: 음. 조금 쉴 생각은 없어요?

불자: 쉬고 싶어요. 지친 것 같아요.

정신과 의사: 보영 씨는 지금 휴식이 필요해 보여요. 우선 루틴을 만들고, 잘 먹고 잘 자야 해요. 그리고 기분을 좋게 만드는 취미를 찾아봐요. 단, 성과를 내지 않는 취미여야

해요.

　성과를 내지 않는 무엇⋯⋯ 그게 뭘까? 보통 의사들은
우울증 환자에게 '작은 성취감'을 느껴 보도록 권하는데
의사는 내게 '성취 금지', '배움 금지'를 처방했다. 현재 내게
성취는 술이나 담배와 같은 기호 식품처럼 불안으로부터
도피할 때 찾는 무엇이다. 그러니 나에게 필요한 건
'성취하지 않아도 아무 일이 벌어지지 않는다는 사실,
안전하다는 사실'을 내 눈으로 직접 확인하는 것이고, 그런
삶을 두 손으로 만져 보는 것인데, 사실 나는 그걸 어떻게
하는지 모른다. 그저, 소파에 앉아 종일 훌쩍이며 "지쳤어.
나는 이제 지쳐 버렸어. 모든 게 무서워." 따위의 말을
지껄였고, 그런 딸을 지켜보던 엄마는 딸을 소파에서 끌어내
산책시켰다. 엄마가 계속 산책을 시켜서 개가 된 기분이
들었고 왠지 좋았다. 걷다가 갑자기 비가 왕창 내렸다. 비가
내릴 때마다 정자가 나타나서 들어가 비를 피했다. 어찌나
세차게 내리는지, 정자에서도 우산을 펴고 있어야 했다.
그러나 비는 금세 멈췄다. 혹, 날씨에게도 기분 순환장애가
있는 것인가? 나는 정자에 앉아 '비를 내리는 존재도 비를
맞을까⋯⋯.' 하고 상상을 했고, 그런데 비를 내리는 존재가
비옷을 입고 있으면 왠지 반칙인 것 같다는 생각이 들었으며,

그러다 비가 멎자 나는 다시 걸었다. 사람들이 무너졌을 때 왜 무작정 걷는지, 순례길을 떠나는지 조금 알 것 같았다. 소파에 앉아 있을 때보다 한결 괜찮았다.

한 시간 정도 걷다가 두 갈래의 길을 만났는데, 하나는 계단이었고 하나는 평지였다. 행로를 생각하면 계단을 올라야 했다.

불자: 계단이 오르기 싫어…….

개를 산책시키는 어머니: 그럼 방법이 있지. 평지를 걷는 거야.

불안증 환자: 그런 방법이……!

그런 식으로 계속 걸었다. 가다가 오르막길이 나오면 되돌아갔다. 다시 계단이 나타나면 물러났다. 비가 오면 피했다. 물러나기와 항복하기, 싸우지 않기, 견디지 않기를 했다. 항복하기, 항복하기, 항복하기 연습. 항복을 즐기기. 항복도 계속하다 보니 기분이 좋았다.(왠지 소질이 있는 것 같았다…….) 무조건 평지만 걸었다. 아주 조금이라도 어려워지면 발을 빼는 거야. 왜냐하면 내게 필요한 것은, 아무것도 얻지 않는 순간, 배움이 없는 순간, 성취하지 않고 그저 흘러가 버리는 시간, 그런 시간들을 용서하고 삶에 초대하는 것으로, 일명 '시간 갖다 버리기', '시간을 쓰레기로 만들고 기뻐하기', '그 쓰레기를 재활용하지 않기', '삶을 일정 부분을 낭비하기'이니까.

『G.H.에 따른 수난』에서 클라리시 리스펙토르는 다음과 같이 말한다.

그렇다면 이렇게 말하는 편이 옳을 것이다. 마침내 실망할 수 있어서 행복하다고. 이전의 나는 나에게 이롭지 못했다. 그러나 그 이롭지 못함으로부터 나는 최고의 것을 거두었다. 그것은 희망이다. 스스로의 불행으로부터 미래를 위한 덕을 만들어 냈다. 그렇다면 지금 두려움은, 내 새로운 존재방식이 무의미할지도 모른다는 두려움인가? 하지만 무슨 일이 일어나든, 그냥 매번 일어나는 일에 나를 맡겨 두면 왜 안 되는가? 나는 우연이라는 성스러운 위험을 감수해야 하리라. 그리하여 운명을 개연성으로 대체하게 되리라.[35]

"그런데 비가 오면 새들은 어디로 피하지?"
엄마가 호밀밭의 파수꾼처럼 물었다.
"글쎄, 어디 갔지?" 나는 주위를 둘러봤다. 어딜 봐도 새가

---

35   클라리시 리스펙토르, 배수아 옮김, 『G.H.에 따른 수난』(봄날의책, 2020), 14쪽.

보이지 않았다. "새들은 피했는지도 모를 정도로 빠르게 피했어."

엄마가 말했다.

"개가 되는 것도 좋지만 새가 되는 것도 좋을 거야."

내 방에서 탈출하기

나: 내 방은 이렇게 생겼어.

그런데 갑자기 방이 점이 된다면, 난 어디에 있는 거지?

뇌이쉬르마른: 넌 방에게 먹힌 거야.

나: 그럼 이건 어때. 여기 문이 있어. 나는 문을 열고 들어갔지. 그런데 문이 있던 자리가 벽이 되면 나는 어디에 있는 거지?

뇌이쉬르마른: 벽이 문을 먹은 거야. 벽이 문을 뱉어야 나갈 수 있어.

이 말을 남기고 뇌이쉬르마른은 창문을 열고 벽을 타고 쉭, 하고 내려갔다.

지난주에 나는 내 방에서 탈출했다. 커다란 상자에 짐을 싸서 내 방을 나왔다. 이사 전날 엄마가 말했다. "꼭 필요한 것만 가져가." 그런데 꼭 필요한 게 딱히 없는 것이다. 말씹러 (돼지 인형), 노트북, 필기구, 옷 몇 벌, 속옷 등을 챙기니 별로 더 가져갈 게 없었다. 내 방에서 가장 큰 부피와 무게를 자랑하는 것은 10년 동안 쓴 나의 일기장들이다. 나는 글을 쓸 때 수시로 옛 일기장을 펼쳐 보곤 한다. 내게 옛날 일기장이란 일종의 물감과 같다. 나는 팔레트에 일기를 짠 뒤 다른 색과 섞어 새로운 색을 만들곤 한다. 그런데 일기장을 한 권도 가져가고 싶지 않은 것이다. 나는 과거와 손절하기, 꼬리 자르기, 신분 세탁을 계획하는 것일까?

뇌이쉬르마른: 너는 네 일기를 너무 많이 읽어. 그게 병의 원인일지도 모르지. (어느새 벽을 타고 올라온 뇌이쉬르마른이 창가에 앉아 먼지를 쓸며 말했다.)

초등학생이었을 때의 일화다. 내 짝꿍은 부유한 집안의 아이였다. 공부를 잘하던 친구는 코가 낡은 곰돌이 천 필통을 가지고 다녔다. 나는 그 애가 귀여운 곰돌이 필통에서 오래된 연필과 볼펜을 꺼내 쓰는 모습을 조용히 관찰하곤 했다. 친구는 그것들을 영원히 쓸 것처럼 소중히 사용했다. 그런데 어느 날 그 애가 빨간 고무 재질의 너구리 필통을 꺼냈다. 새 필통이었다. 필통을 여니 내용물도 몽땅 교체되었다. 막 깎은 긴 연필과 캐릭터 얼굴이 달랑거리는 샤프와 볼펜들. 문구영(내 영혼의 본명은 문보영이 아니라 문구영이다.)인 나는 친구의 새 필기구가 부러웠다. "아빠가 바꿔 줬어." 친구가 말했다. 나는 그게 이해가 잘 안 되었다. 새 필통을 사거나 새 볼펜이나 샤프를 사는 건 이해가 되는데 통째로 바꾼다는 게. 새 필기구를 사도 예전에 쓰던 연필이나 볼펜 한 자루 정도는 계속 쓰기 마련인데 한 자루도 남김없이 교체된 것이다. '부자는 과거를 남기지 않는구나.' 나는 생각했다. 친구는 내용물을 한 개씩 바꾸지 않고 전체를 싹 갈아엎었기 때문에 과거가 존재할 수 없었다. 깔끔한 새 출발을 위한 조건. 과거를 상기시킬 만한 것은 이제 하나도 남지 않았다. 내 경우에는 연필 한 자루를 바꾸어도 그 옆에 여전히 쓰던 샤프가 있었으므로 뭔가 계속 이어졌다, 구질구질하게. 나는 과외비를 타면, 피자집 아르바이트비가 들어오면, 원고료가 입금되면 늘 필통을 갈아야지, 하고 생각한다. 필통뿐만 아니라 내용물을 싹 다 갈자고 다짐한다. 그런데 그게 잘 안 된다. 돈이 없어서가 아니라 그냥 그렇게 안 된다. 뭔가를 남기지 않는다는 게. 완전히 새롭게 시작한다는 게. 착한 친구는 바보같이 나의 오래된 볼펜과 자신의 새 볼펜을 바꿔 주었다. 민트색 볼펜이었다.

새해이기도 해서 나도 새 출발을 하려고 한다. 마침 이사를 가게 되었다. 새로운 공간에서 완전히 새사람이 되기를 기대하고 있다. 그러려면 일단 과거와 쌩까는 것이 급선무다. 과거의 집합체는 나의 일기장들. 거기에는 나의 과거가 응축 및 착즙되어 있다. 따라서 일기장들을 화끈하게 두고 떠나기로 했다. 옛 일기장들을 커다란 상자에 넣은 다음 청테이프로 봉한 뒤 옷장 깊숙이 넣었다. 그리고 인터넷으로 새 책장과 새 책상 그리고 새 스탠드를 주문했다. (엄청난 출혈.) 싹 갈고 새로 시작하려고. 이전의 것은 머리카락 한 올도 보이지 않게.

이사 전날 나는 세 개의 상자와 함께 잠을 잤다. 어둠 속에서 흐릿한 형태를 발하는 상자를 보니 기분이 묘했다. 누군가 "짐을 다 싼 거야?" 하고 물을 정도로 방은 변한 게 없다.(내가 계속 사는 것처럼 방을 속이기 위해서 그런 걸지도.) 오히려 짐을 꺼내느라 방을 들쑤셔놔서 물건이 더 많아 보인다. 나는 침대에 비스듬히 누워 세 개의 상자를 바라봤다. 상자 밖으로 볼록 튀어나온 인형의 얼굴이 사람의 머리 같다. 그런데 그 머리가 자꾸 나를 쳐다보는 것이다. 며칠 전에 나는 「행운의 상자(other side of the box)」라는 영화를 한 편 봤는데 그 영화에도 상자가 나온다. 그 영화를 본 이후, 어떤 상자를 봐도 으스스한 기분이 든다. 잠깐 내용을 간략하게 소개하자면 다음과 같다.

레이첼과 그녀의 남자친구 벤은 집에서 오붓하게 요리를 하고 있었다. 그때, 레이첼에게 집착하는 남자 숀이 그들의 집을 찾아온다. 벤은 레이첼 대신 그를 상대하러 나간다. 문을 열어 주자 숀은 벤에게 작은 상자를 하나 선물한다. 그러고는 미안하다는 말을 남기고 사라진다. 열어 보니 상자 안에는 아무것도 없다. 그리고 레이첼과 벤은 숀이 남기고 간 편지를 꺼내 읽는데 편지에는 다소 께름칙한 구절이 적혀 있다.

"다 알아낸 건 아니지만, 네가 보고 있는 동안 '그것'은 움직일 수 없어. 절대로 그 상자에서 눈을 떼지 마."

그리고 그들은 상자를 다시 보는데…….

상자 밖으로 한 남자의 머리가 빼꼼 나와 있는 것이다.

레이첼과 벤은 상자의 법칙을 이해한다. 상자에서 시선을
거두는 순간 상자 속의 남자가 조금씩 밖으로 나온다는 것을.
그들은 다시 한번 삼 초간 시선을 거두었다가 상자를 본다.
그러자…… 상자 속 남자는,

이만큼 더 나와 있다. (오쒸……)

왠지 이 수상한 남자를 상자 밖으로 나오게 하면 안 될 것 같다. 그러려면 죽을 때까지 상자에서 시선을 떼면 안 될 텐데……. 그런데 그냥 꽃을 주려고 상자 속에서 기다리고 있는 거라든지, 아니면 램프 속 지니처럼 자유의 몸이 되고 싶어서 구원을 기다리고 있는 걸지도 모르잖아. 아니면 나처럼 자기 방에서 탈출하고 싶어 할 뿐일지도 모르고. 그런데 시청자들의 반응은 꽤 흥미롭다. 한 시청자는 상자 속 남자에게 안대를 씌우는 건 어떠냐고 제안한다. 그러면 그를 바라보는 사람이 다른 곳을 보고 있어도 모를 테니까. 그리고 상자의 바닥을 뜯으면 되지 않느냐는 의견도 있다.(다리부터 나오면 어떡해!) 대다수는 그냥 눌러서 집어넣으면 안 되냐고 아우성이다. 나라면 (그것이 생물체가 아니라는 가정하에) 상자를 금고에 넣을 것이다. 그러면 그것이 상자에서 나와도 밖으로 나오지 못할 테니까. 하지만 진짜 사람이라면 경찰서에 데리고 가서 상자에서 꺼내 주면 되지 않을까.

그들은 문제를 해결하기 위해 손을 찾아가기로 한다. 단, 상자에서 남자가 나오지 못하게 하려면 둘 중 하나는 상자를 계속 보고 있어야 하므로 레이첼 혼자 집에 남는다. 그다음은 어떻게 되었을까?(스포일러는 여기까지.)

시선을 거둘 때마다 조금씩 자라나는 그것은 무엇이었을까? 그 머리는 인간일까? 귀신일까? 어떤 기억일까? 안개일까? 식물일까? 하여간 그것을 멈추려면 지독하게 바라보고 있어야 한다. 바라봄을 그치는 순간 내가 죽을지도 모르니까. 한눈팔았다는 이유만으로 내 삶을 뒤흔들어 버릴 수도 있는 어떤 것들이 동시다발적으로 떠올랐다. 상자 속 머리에게 묻는 건 어떤가.

"님…… 혹시 제 과거세요? 외면할수록 불어난다는 점에서."

나는 왠지 그 수상한 머리에게 말하고 싶었다.

"그러면…… 영원히 상자 속에 계십쇼. 절대로 나오지 마소. 부디 그곳에서 행복하소……."

내 방을 떠나는 날, 나는 일기장으로 가득한 옷장 문을 잘 닫고 내 방을 탈출했다. 그리고 새로 이사한 집에서 새 일기장에 새 일기를 썼다. 이상하다. 일기를 펴 놓은 채 나갔다 돌아오면 그사이 집이 내 일기를 읽은 것 같다.

그리고 내 방은 내가 두고 간 일기장을 읽고 있겠지.

매일과
영원

일기시대

문보영 에세이

1판 1쇄 펴냄 2021년 4월 9일
1판 7쇄 펴냄 2023년 12월 8일

지은이 문보영
발행인 박근섭·박상준
펴낸곳 (주)민음사

출판등록 1966. 5. 19. 제16-490호
주소   서울시 강남구 도산대로1길 62(신사동)
          강남출판문화센터 5층(06027)
대표전화 02-515-2000 | 팩시밀리 02-515-2007
홈페이지 www.minumsa.com

ISBN 978-89-374-1941-6 (04810)
ISBN 978-89-374-1940-9 (세트)

* 잘못 만들어진 책은 구입처에서 교환해 드립니다.